若頭補佐 白岩光義　北へ

浜 田 文 人

幻冬舎文庫

若頭補佐　白岩光義　北へ

目次

主な登場人物

白岩《しらいわ》光義《みつよし》（四七）一成会《いっせいかい》若頭補佐　二代目花房《はなふさ》組組長
入江《いりえ》好子《よしこ》（四六）花屋の経営者
長尾《ながお》菊《きく》（二五）クラブ・遊都《ゆうと》　ホステス
木村《きむら》直人《なおと》（五六）優信《ゆうしん》調査事務所　所長
成田《なりた》将志《まさし》（七一）漁師
成田《なりた》綾《あや》（五八）将志の妻
柿沢《かきざわ》トミ（七〇）綾の姉
柿沢《かきざわ》沙織《さおり》（五）トミの孫
花房《はなふさ》勝正《かつまさ》（七三）無職　元花房組組長
花房《はなふさ》愛子《あいこ》（七五）勝正の妻

第一章　北へ

霧雨に濡れる田んぼの緑があざやかだ。

それでも心は和まない。

東京から福島を経て宮城、岩手と続く列車の旅は、最終地がどこであれ、目的はなんであれ、人の胸を湿らせるだろう。

白岩光義《しらいわみつよし》は、車窓を這《は》うように流れる水滴に花を見ようとした。

だが、どんな花の形にもならなかった。

単調な電子音のせいだ。かれこれ十数分、ずっと気にしている。

白岩は腰をあげて音のするほうへむかった。

東北新幹線『やまびこ』のグリーン車両に人はまばらだ。

三列後方の座席に男がいた。

側頭部を刈り上げて前髪を垂らしている。白のジーンズにピンクのシャツという身なりからも二十代に見える。

男はニヤニヤしながら、せわしなく指を動かしている。

「ケータイの音を切らんかい」

白岩の声に、男が顔をあげる。

彫りの深い、男っぽい顔立ちだが、あちこちに幼さが潜んでいる。第一印象とは異なり三十代半ばに思えた。

男が前髪の隙間から挑むような視線をぶつけてきた。

「あんたのほうが迷惑だ。やくざなんだろう」

「極道や」

「気どってんじゃねえよ」

「ほう」

白岩はニッと笑った。

男の表情にも口ぶりにも余裕がある。粋《いき》がっているだけではなさそうだ。人を見る眼があるのか。賢いのか。

白岩はからかってみたくなった。

「おしっこ、もらしてみたいんか」

「俺を殴れるの」

「そうしてほしいんか」

「やれるわけがない。人が見てるんだからね」

白岩は丸太のような腕を伸ばした。

男がさっと頭を揺らした。

度胸はあるようだ。

そう感じたときは携帯電話を奪いとっていた。

それを二つにへし折って、男の手のひらに載せた。

「あとは好きにさらせ」

白岩は言い置き、席に戻った。

あたりは静かになっても、胸の細波《さざなみ》は鎮まらなかった。

のどかな風景のむこうに凄惨な光景がある。

東日本大震災からまもなく三か月になるいまも東京と新青森間を三時間四十分で結ぶ新幹線『はやて』は運行を再開できないでいる。

気配を感じて、視線をふった。

すぐそばに五、六歳くらいの少女が立っていた。

見覚えがある。男の斜め後方の席に老女とならんで座っていた。

「おじちゃん、ありがとう」

少女がぺこっと頭をさげた。

「なんの礼や」

やさしく言ったつもりだが、少女の身体《からだ》がピクッとはねた。

「おばあちゃん、あの音が嫌いだって……」

「ほうか」

白岩は相好を崩した。

ややあって、少女が口をひらいた。

「痛かった」

「ん……これか」

白岩は右の人差し指で己の右頬をさした。

耳朶《じだ》の脇から唇の端にかけて、幅一センチの深い溝が走っている。二十歳の夏に大阪ミナミの繁華街で三人のチンピラと乱闘になったときの傷である。手強《てごわ》い相手と差しの勝負をしているさなかに隙をつかれ、真横からジャックナイフで抉《えぐ》られた。

「涙がでたわ」

「摩《さす》ってあげようか」

「おう」

　白岩は笑顔を突きだした。

　少女がためらいもなく手を伸ばした。

　細い指先が傷に触れた。

　ほんの一瞬だが、ぬくもりを感じた。

　傷に触れたのは三人目である。傷が癒えてほどなく渡世の親の姐《あね》が、その数年のちに現在は花屋を経営する女が、悲しそうな眼をしてそっとさわった。

　そのどちらも人肌のぬくもりは感じなかった。

　古傷に神経が通いだしたのか。

　そんなわけがない。年に一度か二度、無意識に触れることがあるけれど、己の体温を感じたことがないのだ。

「ええ子や」

　少女の両頰に笑窪ができ、瞳が輝いた。

「どこへ行くねん」

「仙台よ。おばあちゃんのお家があるの」

「………」

白岩は口を結んでうなずいた。
楽しみやのう。
もうすこしで声になるところだった。
老女が仙台の実家へ帰る。
事実はどうであれ、安易な言葉は慎むべきだろう。
「はい」
少女が右手を開いた。
ちいさなチョコレートがでてきた。
少女が去ったあと、紙包みをはずした。
茶色の固形は溶けかかっていた。
恐《こわ》かったんか。
白岩は胸のうちでつぶやき、苦笑をもらした。

五時間あまりをかけて新青森駅に着いた。
土地勘はまるでない。そもそも東京より北へ行くのは二度目なのだ。二十代の後半に初代花房《はなふさ》組の花房勝正《かつまさ》の供をして仙台に行ったきりである。

三年前に花房組の跡目を継ぎ、上部団体の一成会《いっせいかい》の若頭補佐に就いても、関東以北の義理掛けはほかの本家幹部にまかせるか、花房組の若頭を名代として参列させた。

旅が嫌いというわけではない。東北や北海道にいやな思いがあるわけでもない。

根っからの関東嫌い、いや、関東やくざが嫌いなので、気分が重くなる。

改札口を出てきょろきょろしていると、女の声が届いた。

「こっちよ」

長尾《ながお》菊《きく》が小走りにやってきた。

菊とは銀座のクラブで知り合い、一年以上の仲になる。

先日、白岩が所用で青森へ行くことになったと話したとき、菊は、ますます縁が深くなったね、と声をはずませた。

菊は青森の弘前《ひろさき》に生まれ育ち、東京の大学を卒業したのち銀座でホステスとして働きながら弁護士をめざしている。

「法事はおわったんか」

「うん。きのう無事に……遠くの親戚の人はまだ家に泊まっているけど」

「ここから実家は遠いんか」

「車で三十分くらいよ。寄ってみる」

語尾がはねた。端に寄った眼が悪戯《いたずら》っぽく笑っている。

「あほか。一生おまえの面倒を見るんは疲れる」

「わたしも極道者と結婚する気はないわ」

「誰が結婚したる言うた。おまえの親は高校の教師やろ。わいの面を見れば、おまえは勘当される。そしたら、わいはいやでもおまえの面倒を見るはめになる」

「大丈夫よ。白岩さんに捨てられる前にいい男を見つけるから。白岩さんのあとだもん。ましな男は幾らでも見つかるわ」

「うるさいわ」

「どこに泊まるの」

「このまま津軽へ直行する」

「ええっ」

「男は稼業が一番。おまえがさみしがっとる思うて、顔を見せたんや」

「おわったら」

「あしたの夕方までには青森に戻るさかい、ゆっくり相手したる」

「残念でした。あしたは東京に戻ってお仕事よ。同伴の約束をしたの」

白岩はおおげさに拗《す》ねて見せた。

菊に腕を引かれた。

「津軽半島のどこへ行くの」

「旨《うま》い蜆《しじみ》が採れるところや」

「十三湖《じゅうさんこ》ね。車を飛ばせば夕暮れまでに着くわ」

「送る気か」

「おとうさんの車を借りてきた」

「あかん。おなごに送られて行けば、先方様に失礼にあたる」

「顔は見せないわ」

「そんなことやない。心構えの話や」

菊が顔をしかめ、すぐに表情を戻した。

「あした、一時までに青森へ戻ってきて。一緒に帰ろうよ」

「起きたら連絡したる」

菊に見送られてタクシーに乗った。

ゆるやかな峠を越えると、正面の視界がぱっと開けた。

「十三湖です」

運転手の声に身を乗りだした。

青空の下で、湖面は昼寝をむさぼっているかのように穏やかだ。

長い道程だった。

新青森駅から国道二八〇号を陸奥《むつ》湾沿いに北上するうちはぼんやりと時代から置き去りにされた風景を眺めていたのだが、西へ左折して山間《やまあい》を走りだすと深い緑にいざなわれるように瞼《まぶた》が重くなり、幾つ目かの峠の途中で眠ってしまった。

めざめたときは乗車して一時間が過ぎていた。

まったりとした気分になっている。神経どころか、身体の芯まで解きほぐされた。

白岩はこれまで移動中に眠ったことがなかった。乾分《こぶん》が運転する車でも、衆人がいる飛行機や列車のなかでも、瞼を閉じようと神経は常に周囲にむかっていた。

それがあたりまえの稼業なのだ。

坂を下りきったところで車を降りた。

十三湖の東岸の町も眠っている。

小泊《こどまり》道沿いに木造家屋の民家がぽつぽつと建ち、飲食店らしき看板もあるけれど、道行く人は見かけなかった。

まもなく午後五時になるので夕餉《ゆうげ》の支度をしているのだろうか。

訪問先の家が留守なのを確認して湖岸へむかった。

狭い砂地に小舟がならんでいる。

白岩は手提げ鞄を置き、両腕をひろげた。

汐《しお》の香のする空気は重く感じた。

しばらくすると、湖面に浮かぶ一艘の舟が近づいてきた。

白岩はまばたきもせず、その舟を見つめた。

舟が砂地に乗りあげる。

舳先《へさき》に立つ男がひょいと飛んだ。

「成田《なりた》の伯父貴、ご無沙汰しております」

白岩は走り寄って、腰を折った。

「おお、光義か」

成田将志《まさし》が眼の周囲に無数の皺《しわ》を刻む。

たちまち十七年間の空白が縮んだ。

成田は百七十センチに満たない痩躯《そうく》で、かつては寡黙な男であったが、周囲の意識を惹く雰囲気を漂わせていた。

それが普通に構える凄みなのだと気づくのにかなりの時間を要した。

成田はひと言放ったあとロープを杭に括《くく》りつけて、また舟に乗った。

舟底にひろがる網のなかで蜆が漆黒に濡れ輝いている。

成田が紐を手に巻きつける。

白岩も舟に乗り、網の底を持ちあげた。

「背広が台無しになるよ」

背に女の声がした。舵を握っていたのは成田の妻の綾《あや》である。

白岩は首を傾けてほほえんだ。


白く濁った汁にため息が洩れ、肩がストンとおちた。

はち切れそうな蜆の身はこれまで味わったことのない旨味をはらんでいた。

白岩は、たちまち汁を飲み干し、お替りを頼んだ。

居間に切られた囲炉裏《いろり》の真ん中に鉄鍋がぶらさがっている。

その下で、数本の細い薪《まき》が控え目に炎をあげている。

六月上旬なのに開け放つ窓から迷い込む夜風は薄ら寒く、囲炉裏の炎と薪の香が身体にほどの良さをおしえてくれている。

「こんな贅沢な料理を毎日食べておられるとは……うらやましい」

「料理だなんて……塩をおとしただけよ」

正面で立膝を突く綾が小声で応え、椀に蜆汁を盛った。

「どんな旨いもんでも毎日食えば飽きる。けど、これは飽きんわ」

白岩の左に座す成田が言った。

かつて成田は大阪に根を張る博徒だった。そのころに花房と知り合い、親交を深めたそうだが、三十歳のとき旅先の仙台で地場の親分に見初《みそ》められて親子盃を交わした。極道社会は縦横ともに縁と柵《しがらみ》の世界なので、一匹狼の博徒が組織のなかで頭角をあらわすことなど滅多にないのだが、成田は四十五歳で跡目を継ぎ、関東や関西の大組織とは一線を画し、東北地方の親分衆の信望をあつめた。

しかし、東京・盛岡間の東北新幹線に続いて、平成四年に山形新幹線も運行を開始したのを機に関東や関西の指定暴力団の進出が続き、大組織の傘下に入る地場の暴力団が増えるに連れて、成田組は面倒をかかえるようになった。

十七年前の春のことである。

成田は単身で大阪を訪れた。

白岩が自前の組織を持った祝いに駆けつけてきたのだ。

その帰途に東京駅構内で抗争相手の襲撃に遭い、重傷を負った。

白岩は翌日に都内の病院へ飛んで行ったのだが面会できなかった。病室は警察官によって厳重な警戒態勢が敷かれており、成田は退院と同時に逮捕された。改正暴力団法によって、抗争事件の当事者の長として身柄を確保されたのである。

成田は一審の懲役八年の刑を控訴もせずに受け容れた。

　収監されて四年目の夏に、成田は組織を解散した。組織の資産と私財を投げ打って乾分たちに更生費用として分配したという。

それ以降、成田は刑務所でもいっさいの面会を拒んだ。

ただひとり、収監から二年が経《た》って始めた文通の相手とは会っていた。

その女が綾である。十年前に仮釈放で出所した成田は、自分の生まれ故郷の津軽に移り住み、所帯を持った。成田が六十一歳、綾は四十八歳の、共に初婚であった。

極道社会との縁を断ち切った成田がひと月前に上京してきた。

花房の闘病生活をうわさに聞きつけてのことだった。

関西の病院から築地の国立がん研究センター中央病院に転院して一年になる。

白岩は、花房の名代として見舞いの御礼のためにこの地を訪れたのだった。もっと早く行きたかったのだが本家の用事が立て込んで大阪を離れられなかった。

――あれほど極道者との接触を拒んでいたやつがわざわざ東京まで来てくれた。単なる見舞いならええのやが、やつの身になにかあるのやないかと気になってしょうがない。おまえ、ご苦労やが様子を見てきてくれんか――

花房にそう言われるまでもなかった。時機を見て訪ねるつもりでいた。

「その後の容態はどうだ」

「変わりありません。治療のない期間は退屈しきりのようで、姐さんや東京におる若衆らを相手に花札と麻雀三昧で……それが強うて若衆が音《ね》をあげとります」

「たいした男や。どんな難病でも兄弟ならはねつけよる」

「そう願うてます」

「おまえも気苦労が絶えんな」

「そんなことはおまへん。親の面倒を見られるのは幸せなことです。花房組もええ乾分らに恵まれて、ばちがあたりそうな人生ですわ」

成田が納得したようにうなずいた。

「なにか」

「そのやさしさを、兄弟は心配していた。肝心要《かなめ》の局面で躓《つまず》くんじゃないかと……兄弟はおまえが本家一成会のてっぺんに立つまで死なんそうだ」

「わかっとります。けど、己ひとりで立てるもんやおまへん」

「幾つになった」

「四十七です」

「所帯は持たんのか」

「縁のもんやさかい」

白岩は無難に応えた。

何度か結婚を考えたことがある。それも相手はひとりだ。しかし、出逢いが悪すぎた。疵《きず》を舐め合う感覚を引き摺ったまま現在に至っている。

白岩は視線をずらした。

綾が穏やかな表情でヤマメを炙《あぶ》っている。

この人はほとんど言葉を交わすこともなく、ひたすら成田の傍《そば》にいるのだろう。

そんな気がした。

白岩は視線を戻した。

「伯父貴が羨《うらや》ましくなってきました」

「さんざん悪さしてきた者が、こんな楽園で長生きしてたらそれこそばちがあたる」

成田のとがった頬骨の下に翳《かげ》が走った。

「なんぞ面倒なことでも……」

「いや」
成田が顔をふり、酒をあおった。
綾がこんがり焼けたヤマメを差しだした。
それで話すタイミングをはずされた。
白岩は柚子《ゆず》を垂らし、手摑みで食べた。
成田もヤマメと酒を交互に口にする。
綾が土間にむかう。
白岩は成田の横顔を見つめたが、言葉がうかばなかった。
成田の顔色はいい。酒も進んでいる。身体は健康そうだ。
だが、頬を走った翳が気になった。それ以前に、花房の心配が胸のうちにある。
どんな訊《たず》ね方をしても、成田は話してくれないだろう。
そうも思う。
ほどなくして綾が釜を運んできた。
裏山で採ってきたという山菜の炊き込みご飯だった。
昆布のだし汁が山菜の苦味と調和していた。
蜆汁もご飯もお替りをかさねた。

食べているうちに、花房の心配も己の勘も杞憂にすぎないように思えてきた。

翌日の午後三時過ぎ、白岩は仙台駅のホームに立った。

車窓から菊が手をふっている。先刻までの拗ねた表情は跡形もなかった。感情の起伏の烈《はげ》しい女だが、切り替えが早く、愚痴や不満はほとんど言わない。

駅前でタクシーに乗った。

ちらほら青いシートの掛かる建物があるけれど、街の風景は歪んでいない。

白岩は運転手に声をかけた。

「これから行く角五郎《つのごろう》というところは地震の被害を受けたんやろか」

「あのあたりは被害がすくなかったようです。駅のこっち側……西の方ですが、東側に比べるとずいぶんましで……それでも丘陵になっているあたりはおおきな被害が出た場所もあります。青葉城址は一部が崩壊して、いまも通行止めになっています」

「見ためではわからんもんやな」

「ええ。こうして眺めていると、あの地震がうそのようですが、街は間違いなく傷み、ここに暮らしている人たちの心はもっと痛んでいます」

白岩は口をつぐんだ。

車窓を見つめるうちに、街が歪んでいるような気がしてきた。

ほどなくして橋を渡った。

「広瀬川か」

「はい。この川は市内をくねくねと曲がりながら流れていまして、もうひとつ橋を渡った先の一画が角五郎です」

車は二つ目の橋を渡ってすぐに停まった。


白岩は、古い家屋がめだつ住宅街に足を踏み入れた。

メモにある住所を確認し、インターホンを押した。

《だーれ》

女の子のあかるい声がした。

「柿沢《かきざわ》トミさんはおられるかな」

《おばあちゃんね。そっちに行くから待ってて》

ほどなく玄関の扉が開いた。

「おおっ」

白岩は眼をまるくした。

玄関を飛びだしてきたのはきのうの少女だった。

少女が駆け寄りながら笑った。

「おじちゃんだったの」

「奇遇やのう」

「キグウって、なに」

「思いがけずに会うことや。ほんま、びっくりしたわ」

「縁ね」

少女が自慢そうに笑窪をつくった。

「ええ言葉を知っとるな」

「おばあちゃんがいつも言ってるの。人との縁は大事にしなさいって」

「その偉いおばあちゃんに会わせてくれるか」

「うん」

白岩は少女に手を引かれて敷地内に入った。

玄関の脇の柴折戸《しおりど》を潜り、庭へむかう。

家人の愛情を覚える庭だった。縁側のほうは芝生で、塀側の中央に築山が盛られ、その上で黒松が深緑の翼をひろげている。

白岩はそれを見てうなった。

男松という別称がぴったりはまるほどの見事な立ち姿である。

老女が芝の切れ目に腰をかがめて草をむしっていた。

「おばあちゃん」

少女が老女の肩に手をかけた。

「きのうの、恐いおじちゃんがきたよ」

老女が背をまるめたままふり返り、ややあってゆっくり立ちあがった。

「孫娘を嫁にほしくて押しかけてきたの」

白岩は頭に手を載せた。

老女は歓迎するでも嫌悪するでもなく、無表情で縁側に座るよう勧めたあと、薄暗い座敷を渡って襖のむこうに消えた。

白岩はあらためて庭を眺めた。

老女が草むしりをしていたあたり、美山躑躅《みやまつつじ》が薄紅の花を咲かせている。

右手の塀沿いに等間隔に立つ細い丸太には藤の蔦《つた》が絡みつき無数の葉を垂らしている。

あと数日で花が群れ咲くだろう。

美山躑躅も藤の花も西日本では盛りをすぎている。

白岩は、霧島連山のひとつが霧島躑躅のピンクに染まる風景を思いだし、続いて、大阪千《せん》里《り》山《やま》の病院の裏庭の、藤棚の下に飄然と立つ花房愛子《あいこ》の後姿を思い描いた。

柿沢トミという老女も気丈そうに見えた。

昨夜の酒盛りのさなかの出来事が脳裡にうかんだ。


「ひとつ、頼まれてくれんか」

酒のせいか、珍客のせいか、めずらしく口数の多い成田に頭をさげられた。

「女房の姉が仙台に住んでいてな、もうすぐ古希を迎える。そのお祝いの品……たいそうなものではないのだが、届けてほしいんだ」

土間で洗い物をしていた綾が慌てた様子でやってきた。

「そんなこと……白岩さん、ごめんなさい。どうか聞き流してください」

綾が這いつくばるようにして腰を曲げた。

成田が困惑の顔で言う。

「あまえたほうがいい。郵送しても受けとりを拒否されるだろう」

「折を見て、わたしがでかけます」

「むりだ」

成田の声がとがった。

「かりに行ったとしても、むこうが会ってくれるのか」

「……………」

綾が床に手をついたままうなだれた。

成田が白岩に視線をむけた。

「じつは兄弟の見舞いの帰りに寄ったのだが門前払いを食ってな。まあ、仔細を話せば長くなる。俺の悪行から察して、骨を折ってもらえないか」

「わかりました」

白岩は即座に応じた。

傍らで綾がすすり泣きしだした。

白岩は紫紺の風呂敷に包んだ木箱をトミの膝元に置いた。

「あなたの妹の綾さんから預かってきました」

成田は古希の祝いの品と言ったが、鵜《う》呑《の》みにはしていない。成田夫妻の会話と表情から、郵便や宅配便には委ねられない代物《しろもの》なのだろうと推察している。

「……………」

トミが垂れた眼を見開き、口をあんぐりとさせた。

庭に立つ少女がきょとんとしている。

その表情を見て、少女が綾を知らないのだと思った。成田夫妻の会話から察して、トミは妹の存在すらおしえていないような気がする。

トミが木箱を手に思案の表情をうかべ、やがて白岩に差しだした。

「やっぱり受けとれません」

「それはあなたの勝手だが、中身を確認したあとでもええのと違いますか」

トミが顔を左右にふった。

「おおよその見当はつきます。それより、あなたは綾と……綾の亭主と縁があるのですか」

「かつては義理の伯父貴にあたる方でした」

トミが少女に声をかける。

「沙織《さおり》、ちょっとのあいだ、おそとで遊んでおいで」

白岩も少女にうなずいて見せた。

沙織が駆けだすと、白岩は口をひらいた。

「昔の話はせんときます」

そう前置きし、茶をすすってから言葉をたした。

「成田さんご夫妻は津軽半島の西にあるちいさな村で蜆漁をして暮らしています。わいは、自分の親の名代としてその地へ行き、十七年ぶりにお顔を見てきました」

「あの男はまだ昔の世界との縁が切れてないのですか」

「とっくに切れとります。自分の親も引退して、いまはやっかいな病気と闘うてるさなかです。そのことをうわさに聞いた成田さんがわざわざ東京まで見舞いに来られて……そのお礼を述べるために青森へ行きました」

「あなたは律儀な人ですね」

「極道者の筋目です」

「その筋目をわたしにも通させてください」

「ちょっと違いませんか」

「えっ」

「自分らは義理の縁でつながってるさかい、些細な筋目でも大事にします。それを粗末にすれば虫けら以下のボウフラになってしまう。けど、あなたと綾さんは血を分けた、それも二人きりの姉妹やないですか。そんな二人に筋もへったくれも……」

　白岩はむきになりかけて声を切った。

　堅気《かたぎ》の他人様《ひとさま》に説教をたれるような身分ではない。

トミが細い眼でじっと見つめた。

「悪い人ではなさそうね」

「ろくでなしやけど、悪人とは自覚してません」

白岩は真顔で言った。

トミが頰をゆるめた。

「年寄りのひまつぶしにつき合ってくれますか」

「よろこんで」

トミが庭に視線をやり、しばしの間を空けて語りだした。

歳《とし》の離れた姉妹はこの家で生まれ、土建屋の父の下で何不自由なく暮らしたという。やがて父の柿沢富蔵《とみぞう》は県会議員になり、生家はさらに繁栄した。

トミは三十三歳で結婚し、一女を授かった。夫は地元の銀行から富蔵が経営する青葉《あおば》建設に転職し、のちに社長になった。

妹の綾は東京の大学に進学し、卒業後も東京で小学校の教師となり、その傍《かたわ》ら、福祉関係のボランティア活動に勤《いそ》しんでいたという。

成田と綾の出逢いは宇都宮刑務所で、綾が仲間と慰問に訪れたさいのことである。

そのことは花房に聞かされていたけれど、くわしくは知らなかった。ぽつりぽつりと語るトミも馴れ初めから結婚にいたる経緯はあまり知らないようであった。

花房の話によれば、二人の文通は途切れることなく続き、数年経ったあとは綾が定期的に面会に行くようになり、成田が出所する前に結婚の約束をしたという。

「父は激怒して、綾を勘当しました。当然だと思います。父の立場や世間体《てい》だけではなく、綾の将来を考えれば……わたしも叱って、泣いて、説得しました」

「成田さんは綾さんのために過去のすべてを捨てられた」

「組織を解散し、堅気になった……それしきのことではないですか」

「……」

白岩は眉根を寄せた。

言うとおり、それしきのことである。

しかし、成田には狂いそうになるほどの葛藤があったと思う。

極道社会はわが身一人で生きて行ける世界ではない。ましてや成田には末端を含めて二百人を超える乾分がいて、彼らの家族をも背負っていた。自分を育てた義理の親がいて、花房のような義兄弟もいた。

「あなたはどうして暴力団に入ったのですか」

トミがやさしいまなざしをくれた。

「惚れた人が親分やった。それしきのことです」

「うそが下手なのね」

トミが口元をゆるめた。

白岩は話を元に戻したくなった。

「お父上は」

「去年、七回忌の法要を済ませました」

「それなら勘当は時効でしょう」

トミがまた顔をふった。

「父の秘書をしていた男がわたしのひとり娘と結婚して、いまは国会議員です」

白岩は遠慮なくため息をついた。

「そういう家に生まれ育った宿命なのよ」

トミがつぶやくように言い、背をまるめた。

にわかに雲の隙間から陽が射してトミの乾いた頬の皺をきわだたせた。

不意に、綾の顔が思いうかんだ。

囲炉裏の揺れる炎に映えて、彼女の顔は微妙な翳を宿していた。

湖岸で顔を合わせたときはタオルを被っていたのでわからなかったが、あのとき、白岩は胸騒ぎを覚えた。

　――むりだ――

　成田の強い口調が耳に残っている。

　わずかな逡巡《しゅんじゅん》を経て、言いたいことを胸に留めた。

「どうか、これを受けとってください」

　白岩は木箱を滑らせ、頭をさげた。

　そのときである。

「こんにちは」

　元気な声がして、柴折戸から男が入ってきた。

　トミが視線をやる。

「あら、中村《なかむら》さん」

「おばあちゃん、おひさしぶり。お元気そうでなによりです」

　中村と呼ばれた男が近くまで来て立ち止まった。

　というより、白岩の顔を見て足がすくんだように感じた。

「お客様でしたか」

　声音《こわね》も沈んだ。

「いいの、もうお帰りになるところだから」

トミが視線を戻した。

「あなたのお顔を立てて預かることにします」

「ありがとうございます。その旨を先方様に報告してもかまいませんか」

「ええ。でも、どうするかはあなたに関係のないことですよ」

「いい方向へむかうのを願っております」

白岩は庭に立った。

直後に男の吐息を聞いた。


門を出て数歩進んだところで声をかけられた。

少女はとなりの空き地で遊んでいた。

白岩はそばに寄った。

「沙織ちゃん、ひとりで遊んでいたんか」

「うん。こっちにはお友だちがいないの」

「東京に住んでるんか」

「そうよ。おとうさんとおかあさんと一緒に議員宿舎ってところに住んでる」

「おとうさんは偉いんやな」

少女がはにかむように笑った。

「おじちゃんは」

「大阪や。たまに東京にもでかける」

「もう帰るの」

「お客さんが来たからね」

「沙織はあのおじさん、嫌いよ」

「どうして」

「わかんない」

沙織の表情が暗くなった。不機嫌そうにも見える。

子どもの勘は鋭い。知識と知恵が未熟な分、本能が人を見極めようとするのだろう。

白岩も気になっている。稼業と経験に培われた勘にふれた。

中村の顔に動揺を見た。視線を合わせたときに瞳が烈しくぶれた。

一般人が白岩の顔を見れば視線をそらせるか、不快な顔をする。

それとは異なる反応だった。

白岩は塀に寄りかかった。

男の甲高い声が聞こえる。ときおり、トミの笑い声が流れてきた。

沙織は、ふーんというように顔を上下させたあと、ひとりで遊び始めた。ちいさなスコップで土を掘り、小山を作ってあちこちに指を挿した。幾つも黒い穴ができる。山はすこしずつ形を変え、やがて崩れた。それを何度もくり返している。

白岩は、沙織のちいさな背を見ながら、耳に神経をあつめた。


中村の声は高音質でよく通る。

——おばあちゃん、血圧の具合はどうですか——

——高いけど安定しているわ——

——よかった。前回に買っていただいたお薬の効果ですよ——

——効いてくれないと困るわ。あれ、材料はゴマと鰯《いわし》なんでしょ……それなのに二か月分で四万五千円もして……——

——あのお薬にはゴマと鰯の効果を高めるための高価な漢方薬がまじっているのです。それに、おばあちゃんだから、定価の七割にまで値引きしたのですよ——

——ほかでもおなじことを言ってるでしょう——

トミの声はやりとりを楽しんでいるように聞こえた。

中村の笑い声がした。

――それは商売ですから損にならない程度のことは……けど、おばあちゃんは特別です。どことなく、亡くなった祖母に雰囲気が似ていて……ぼくは鍵っ子世代で、子どものころはよく祖母に遊んでもらいました――

――そう。ところで、きょうは何を売りに来たの――

――まいったな――

――見てのとおり、ぴんぴんしているから血圧以外のお薬はいらないわよ――

――精神のほうはどうですか。震災のあとでストレスが溜まっているかも――

――大丈夫よ。孫と遊んでいると気持ちが和むから――

――お孫さん、普段は東京に住んでおられるのでしょう――

――最近はわたしが東京へ行くことが多くなったわ――

――それ、それですよ。きっと、ストレスがそうさせているのです。ストレス症状というのは発症するまであまり自覚がないのです――

――どうしてもわたしをストレス持ちにしたいのね――

――心配なのです。マスコミもよくとりあげているでしょう。被災者の方々の精神的な負荷が案じられるって。被災者の方々の前向きな気持ちがあってこそ震災からの復興が成し遂げられるのです――

――そうかもしれないけど、ストレスがお薬で治るの――

――ストレス症状を治す薬ではありません。ストレスを抱え込まないようにするための健康補助食品です――

――東京で売りなさいよ。ストレス持ちの会社員が急増しているそうじゃない――

――東京の人たちは病院好きで、高額な治療費がかかるのに、都内の精神科クリニックはどこも予約で一杯だそうです――

――現代人は大変なのね。わたしはいけません。のんきな老人だから――

――わかりました。むりにはお勧めしません。でも、精神的に不安を感じられたときはご連絡ください。すぐに飛んできます――

――飛ぶの、好きなのね。何度も聞いたわ――

二人の笑い声が届いた。

――そうそう。地震のとき軋《きし》むような音はしませんでしたか――

――さあ……慌てて庭に飛びでたからね――

――ホームチェックは済まされましたか――

――なに、それ――

――耐震強度の測定と、家屋に損傷がないかどうかを調べることですよ。あれほどの地震だったので、外見上は無傷に見えても、それなりのダメージは受けているはずです。どこかに損傷があればまた地震が来たときには耐えられないかもしれない――

――年寄りを威《おど》してどうするの――

――威してなんかいませんよ――

男の声がさらに甲高くなった。

白岩の脳裡にわざとらしい笑顔がうかんだ。

――安全のために専門家に見てもらってはどうですか――

――あなたの会社はそんなこともしているの――

――ぼくの友だちが住環境設備の会社に勤めています――

――その方はお忙しいでしょう――

――えっ――

――運よく倒壊は免れても、修理が必要なお家はたくさんあるはずよ――

――それはそうですが、友だちは手放しで喜べないと……他人様の不幸につけ入るようで気が滅入るそうです――

――その気持ちは大事ね。世のなかにはおカネで買えないものもたくさんある。でも、うちは大丈夫よ。親族が建設関係の会社を経営しているから――

――承知しています。青葉建設ですよね。仙台では老舗《しにせ》の企業だとか――

――そんなことまで調べたの――

――ご近所で小耳にはさんだのです。義理の息子さんは衆議院の先生なんですって――

トミの声は聴こえなかった。

――選挙のときはここへ戻って来られるのでしょう。機会があれば……――

――むりね。あなたは東京に住んでる。息子は選挙民でなければ会わないわ――

トミの声にいらだちがまじったように感じた。


白岩はその場を離れた。

すかさず沙織が立ちあがる。

「おじちゃん、帰るの」

「すぐに戻る」

白岩は柿沢家の庭に入った。

「あら」

トミが声をはずませた。

「忘れ物をしたようで」

白岩はおだやかな口調で言い、ちらっと中村をにらみつけた。

「またお邪魔します」

中村がそそくさと去った。

「すごい迫力ね」

トミが華奢《きゃしゃ》な肩をすぼめた。どうやら極道面を盗み見られたようだ。

「すみません。なんとなく気になって……訪問販売はよく来るのですか」

「週に一度は……あの子だけではなくて、いろんなセールスの人が来るわよ」

「東京や大阪では見かけません」

「それはそうでしょう。ほしいものはいつでも簡単に手に入るし、いまはネットショッピングとか、便利な時代になって……でも、携帯電話やパソコンは年寄りにはむずかしいの。それと、田舎は独り暮らしの老人が多くて、訪問販売に来る若い人と話をするのを楽しみにしている人たちもいるのよ」

「トミさんはそんなふうに見えません」

「そんなことはありません。わたしだってさみしいから週末や連休のときは娘にむりを言って孫と遊びたがるの」

白岩はうなずくしかなかった。

「年寄りを心配してくれてありがとうね」

トミがたれ気味の眼を細めた。

「いや、つい……とにかく、いかがわしい連中には気をつけてください」

「わかっています。でも、あの人たちにも生活がある。だから一生懸命働いている。人であるかぎり、根が腐った人なんていないわ」

あなたは人が良すぎる。それに、暮らしにゆとりがあるから言えるんや。

そう思ったが、もちろん、言葉にはできない。

根という言葉に記憶が反応したせいもある。

白岩組を立ち上げようと決意し、花房に相談したときのことである。

花房は、白岩の顔をとくと見つめ、おもむろに口をひらいた。

——白岩組をおおきゅうせえ。おまえならやれる。ただし、勘違いはするな。どんな環境にあっても、ええときもあかんときも、己の根をしっかり見つめとれ——

あのとき、わかりました、と応えたけれど、いまだに己の根の正体どころか、それが在るのかどうかもわからないでいる。

その疑念が声になった。

「他人の根がわかりますのか」

「長く生きているとね……でも、わたしの根はわからない」

白岩は己の心を見透かされたような気分になった。

「あなたはなんとなく……世間様は話すどころか、近づくのさえいやがると思うけど、わたしにはやさしい男に見える」

「やさしい極道なんて様になりませんわ」

「そうやって見栄を張るのも大変ね」

トミが口に手のひらをあて、ほほっと笑った。

白岩はなにも言い返せなかった。


JR仙台駅に近いシティホテルにチェックインした。

気まぐれの宿泊ではなかった。

――ついでと言うては語弊があるかもしれませんが、ほかに立ち寄るところがあればおっしゃってください――

白岩が誘い水をむけると、成田は申し訳なさそうな顔をして男の名前を口にした。

脇本吉雄《わきもとよしお》という男とは一度だけ会ったことがある。成田の下で若頭を務めていた彼も親分に殉じて足を洗い、正業に就いたという。

客室に入るや、スーツを脱ぎ捨て部屋着に着替えた。

窮屈な格好は肩が凝る。神経もくたびれている。

日ごろ相手にするのはむさくるしい野郎どもか酒場の女たちばかりで、すっ堅気の老人や子どもに接する機会は滅多にないのだ。

そのうえ、成田夫妻と柿沢トミの複雑そうな関係に気をもんでいる。

またぞろお節介の虫がめざめそうな予感もある。

白岩は、何時間ぶりかの煙草をふかし、携帯電話を手にした。

《おおきに、花房組です》

元気な声がした。

思わず吹きだしそうになった。

電話でそう応対するように指示した本人がいつまで経ってもなじまない。

——商売人やあるまいし、かけたほうはおちょくってるのかと思うで——

東京の友人にそう言われたことを思いだした。

「和田《わだ》はおるか」

《はい》

すぐに若頭の和田信《まこと》の声に変わった。
《おやっさん、なんぞおましたんか》
「ない。そっちはどうや」
《変わりおません》
「もうしばらく帰らんさかい、留守を頼む」
《先代の具合が悪いのですか》
「おやっさんは元気や。ちょっと野暮用ができた」
《あさっての水曜は本家の執行部会がおますけど……》
「それにはでる。けど、とんぼ返りするつもりや」
《週末のゴルフはどうされますの》
「キャンセルしとけ」
《理由はなんと……》
白岩はため息をついた。
和田は実直で、融通が利かない。洒落《しゃれ》も冗談も本気にしてしまう男である。その昔気質《かたぎ》を買って、先代から引き続き、組織の要の若頭に就かせている。
「なんとでも言え。週明けには帰るつもりやが、延びそうなときは連絡する」

《面倒事をかかえたのと違いますか》
勘が鋭いのう。
そう言いかけて、やめた。
電話を切って、湯船に浸かった。
眼をつむると、津軽半島の風景がうかんだ。
記憶にある風景は写真のように動かない。
そのくせどれもぼやけている。
小舟の舳先に立つ成田は塑像に見えた。
やがて、閉じた瞼の裏側があかるくなった。
囲炉裏の炎が揺れている。
ぬくもりを感じるというより、寂寥《せきりょう》を誘うような炎だった。
携帯電話が鳴った。
タオルで手を拭《ぬぐ》い、耳にあてた。
《用事はおわったの》
菊の声も元気だった。
「相手にしてくれる男はわいしかおらんのか」

《そんなことを言ってるとばちがあたるよ》
「ばちは生まれてずっとあたりっぱなしや」
《わたしが護《まも》ってあげる》
「ええから。おまえはなんもせんといてくれ」
《じっとしてるから早く会いに来て》
「ああ」
白岩は携帯電話の電源を切った。
胸の靄《もや》が濃くなりかけている。
菊との会話に興が乗らないのは神経がほかにむきかけているせいだろう。

夜の八時になってホテルを出た。

ひと眠りして身体が軽くなった。着なれた服のせいもある。白のニットセーターにカーキ色のコットンパンツ。革靴はスニーカーに替えた。

カジュアルな身なりにしようと他人の眼はいつもおなじだ。前方から来る人は避けて通るし、どこかの店に入れば店員たちの顔には緊張が走る。

それでも気にしない。いまは生まれつきの顔だと思っている。

自分は極道者として生きるしか道はない。

頬に傷を負ってしばらくは鏡を見るたびにそうつぶやいていた。

荒《すさ》んだ心を癒してくれたのは先代の花房であった。

——おまえに弱みがあるとすれば眼に見える傷やない。心の疵や。その傷、気の持ちようひとつでおおきな武器になる——

行きずりに白岩とチンピラの乱闘を治めた花房は、しばしば夜の街に誘ってくれるようになったのだが、身内になれと勧められたことは一度もなかった。

一時期の花房はどこへ行っても白岩の傷を話題にした。初めはそれが堪《たま》らなくうっとうしかったけれど、あるとき花房の眼が真剣なのに気づいて重石がとれた。

花房は時間をかけて、白岩と他人の意識を変えようとしていたのだ。

青葉通を西へむかい、ほどなく右に折れた。

鳥将《とりまさ》と書かれた赤提灯《あかちょうちん》が吹きぬける風に揺れている。

白岩は縄暖簾《なわのれん》を潜った。

控え目な照明の店内にはほっとするぬくもりがある。

カウンターが十席と小上がりに座卓がふたつ、奥には襖で仕切られた座敷がある。カウンターに五人、小上がりに三人、奥の座敷にも客がいた。

入口に近いカウンターの端に腰をおろした。

「いらっしゃい」

捻り鉢巻の若者が声を張った。

となりで炭火に視線をおとしていた老年の男が首をひねった。

記憶にある顔とかさなった。脇本である。

ひらいた口から声がでない。瞳は固まったように見える。

白岩は頭をさげた。

脇本は思案気な表情を見せたあと、視線を戻して手を動かしだした。

白岩は常温の地酒と串の数品を注文した。

辛口の酒が成田の顔をよみがえらせた。

成田はよく呑んだ。湯呑み茶碗に一升瓶を傾けて白岩にも勧めた。仙台行きの話が済んだあとは、胸のつかえがとれたかのようによく呑み、よく喋り、よく笑った。

かつての稼業の話はいっさいなく、まるでそこに生まれ、一度もその地を離れていないかのように、津軽半島の四季を語った。

白岩は、成田が過去を捨て切れないでいるように感じた。

しかし、それがどういうことはない。成田が決めた己の道である。熟慮の末に決断したのちも過去を引き摺るのは人ゆえだろうとも思う。

運ばれてきた焼き鳥のにおいに囲炉裏の部屋の光景がぼやけた。

鶏肉はどの部位も美味だった。首肉のセセリも白キモも歯応えがよく、嚙むと深い旨みが口中にひろがった。

酒と鶏肉で時間を流しているうちに、カウンターの三人連れと小上がりの客が去り、カウンターの向こう端のカップルと奥座敷の客たちが残るだけになった。

時刻は午後九時を過ぎた。

脇本が板場をでてきて、白岩の傍らに立った。

「おひさしぶりです」

脇本の表情はぎこちなく見える。

仕事をしながら白岩の来店の背景を読んでいたのだろう。

だが、迷惑そうなふうはない。脇本の眼は懐かしがっている。

白岩はとなりの席を勧め、間を空けて訊いた。

「この店は何年になりますの」

「稼業を辞めてすぐなので十六年目です」

「年季の入ったええ店やね」

白岩は、煤《すす》けた天井を見あげながら言った。

「ありがとうございます。それはそうと……偶然ですか」

「そのほうがええんやろか」

脇本が顔をふり、ちいさく笑った。

頑固が覗《のぞ》く面相ながら、笑えば愛嬌がある。

「おやじに会われたのですね」

「きのう、津軽へ行ってきました」

白岩は、成田と再会することになった経緯を手短に話した。

「花房の伯父貴が……」

脇本が声をふるわせた。

同時に、奥のほうから男の声がした。

「奇遇ですね、白岩さん」

スーツを着て身なりを変えているけれど、誰なのかわかった。

青森へむかう列車で面倒になりかけた男である。

男が脇本のうしろに立った。酒が入っているのか、あのときの無表情とは一変し、うっすらと笑みをうかべている。

「わいに興味があるんか」

白岩は穏やかに言った。脇本と客に迷惑をかけるわけにはいかない。

「あなたの顔に見覚えがあって、調べたんですよ」

「おまえは同業か」

「とんでもない。正真正銘のすっ堅気です」

「そういうもの言いをする野郎に堅気はおらんわ」

「邪推です」

「名は」

「野田《のだ》といいます」

野田と名乗った男が名刺を差しだした。

株式会社　ＴＤＲ、代表取締役　野田武《たけし》、とある。

「ＴＤＲて、なんや」

「東京データリサーチ……その名の通りの業務内容です」

「他人様の粗探しを稼業にしとるんか」

野田が苦笑をうかべた。

白岩は遠慮しない。

「極道もデータにあるんか」

「その気になればどんな闇組織の実態でも……」

「もうええ」

白岩は邪険にさえぎった。

「ところで、警察に届けたか」

「どうして警察なのです」

「器物損壊や。それだけでも極道者は実刑を喰らう」

「知りませんでした。それに、こう見えて、ぼくはいそがしい」

「警察が苦手なんやろ」

「どうしても同業にしたいのですか」

奥の座敷から三人の男がでてきた。

白岩は、そのうちのひとりに眼を留めた。

昼間に柿沢家を訪ねてきた中村という男である。

あとの二人はどこをどう見ても堅気とは思えなかった。

白岩は、ちらっと脇本の横顔を見た。

連中が常連であれば、脇本とは面識があるだろう。

かつては成田も脇本もこの地方の裏社会では名と顔を知られていた。

脇本はうつむき、なにかを堪えるかのように唇を嚙んでいる。

視線を戻した先で、中村が連れの小太りの男にささやいていた。

耳にした男が声を発した。

「野田さん、どうかしましたか」

「いえ。顔見知りの方がおられたのでご挨拶を……」

「挨拶が済んだら消えんかい」

白岩は乱暴に言い放った。

「なんだと、てめえ」

小太りの男が声を荒らげた。

「きたない声で吠えるな。お客さんに迷惑や」

白岩は退《ひ》く気がなくなった。関東やくざ嫌いの虫が騒ぎだしている。もっとも、脇本が間に入るそぶりを見せていれば、顔を立てておとなしくしていた。

野田が近づいてくる男の前に立ちふさがった。

「やめたほうがいいですよ」

「あんた、あいつの素性を知ってるのか」

「はい。一成会の若頭補佐、白岩さんです」

「ふん」

男が鼻を鳴らした。

「なおのこと退けんな」

「しかし……」

「黙ってろ」

怒声が野田の声を切った。

「ここは俺の島や。関西の極道者をのさばらせるわけにはいかん」

白岩は酒を切るようにあおり、盃をトンと置いた。

同業に売られた喧嘩は買う。

脇本の肩をぽんと叩き、表にでた。

路地の奥へむかい、薄暗い場所で小太りの男と向き合った。

男の脇で、乾分らしき若造が低く身構える。

白岩は男を見据えた。

五十前後か。恐持《こわも》ての面相ではないが、稼業の年季を感じさせる眼をしている。

「気絶する前に名乗らんかい」

「ふざけるな」

「名乗るとまずぃんか」

「ふん。石川《いしかわ》だ。北勇会《ほくゆうかい》の若頭補佐で、このあたりを束ねてる」

「肩書は訊《き》いてへん」

「なにっ」

石川が眦《まなじり》をつりあげた。

若造が懐に手を入れた。

白岩は右足を伸ばした。

つま先が若造の鳩尾《みぞおち》を直撃した。

若造の身体がくの字に曲がり、そのままの格好で吹っ飛んで尻餅をついた。

白岩は石川に近づいた。

「まだやるんか」

石川がうめきながら拳をふる。

かるくいなして、肘打ちを見舞った。

顎のはずれる音がした。

「そのへんで……」

野田の声で動きを止めた。

あと一秒遅ければ、右膝が石川の鳩尾を直撃していた。

野田が離れた位置から言葉をたした。

「逃げてください。通行人が警察に通報したようです」

白岩は周囲を見渡した。

鳥将の店主の姿はなかった。


白岩は、花房と肩をならべ、ゆっくりと勝鬨橋《かちどきばし》のほうへ歩いている。

夕暮れの一刻、隅田川を渡って流れてくる風が肌に心地よい。

花房は築地本願寺の裏手にあるマンションに姐の愛子と暮らし、一か月の入院治療のあとは週に一度自宅から通院し、放射線治療と抗がん剤治療を受けている。

おなじマンションには北新地で花屋を営む入江《いりえ》好子《よしこ》も住んでいる。

花房夫妻が上京する直前に車に撥《は》ねられて瀕死《ひんし》の重傷を負った好子だったが、退院してわずか一週間で、医師と周囲の反対を押し切って花房のあとを追った。

医師もおどろく回復力を見せたのは花房夫妻への情愛のおかげだろう。早くに両親を亡くした好子は花房夫妻を実の親のように慕っている。

散歩に付き添うという好子を、白岩は思い留まらせた。

その理由を察しているのか、花房の表情はうかない。

川岸に出ると、風が強くなった。

向こう岸に遊歩道が見える。

白岩は訊いた。

「橋を渡ってみますか」

「うん」

花房が子どものように言った。

「愛子も好子も渡らせてくれんのや。見ため以上に長いらしいわ」

「疲れたら言うてください。おぶりますさかい」

「それもええのう」

花房の表情がやわらかくなり、白岩は安堵《あんど》した。

「お加減はどうです」

「しんどい。放射線治療はそうでもないが、抗がん剤治療は応える。あれをやると二、三日はものを言う気にもならん」

「頑張って長生きしてください」

「おう」

声にも張りがでてきた。

「長生きしたところでなにをやるという目的があるわけやないが、愛子と好子の苦労に報いたい。とくに好子はわが身が万全やないのに、健気《けなげ》に尽くしてくれとる」

「好子の事故をご存知なのですか」

「あたりまえや。何事にも一途な好子が、自分で決断したのにわしらと一緒に東京へ行かんかった。愛子も隠してるようなところがあった。で、問い詰めた」

「和田をですか」

それしか考えられなかった。

愛子は気丈な人だ。好子は気遣いの塊のような女である。

和田も口は堅く、白岩には恭順のかぎりで仕えているけれど、花房に育てられた恩義を片時も忘れるような男ではない。

「あいつを叱るな」

「はい」

花房が立ち止まり、橋の欄干に両肘を載せた。

「疲れましたか」

「いや。ええ風や。生き返った気がする。東京にも風情が残ってるんやな」

「元気になられたら連れて行きたいところがおます」

「ん……津軽か」

「はい」

「成田の兄弟の暮らしぶりはどうやった」

「自然と遊んでおられました」

「ほう。あのヤンチャが田舎者になったんか」

「おやっさんにはどう見えましたか」

「懐かしかった」

「ということは、昔と変わっていなかった」

花房がすこし笑った。

「おまえ、わしと禅問答する気か」

「ようわからんのです。意志があれば人は変われるんかどうか」

「なんぞ、あったんか」

「いえ。けど、湖の上に立つ成田さんと、酔いが回ったときの成田さん……別人のようにも思えて……成田さんに様子を見てきてほしいと頼まれて、若頭を務めてた脇本さんと会うたときも、おなじような気分になりました」

「脇本はなにしてるねん」

「仙台で焼き鳥屋をやっておられます」

「おまえのもの言いやと、堅気になりきってなかったんやな」

「さあ。そもそもそういう気構えがあったんかどうか……赤提灯に鳥将とありました。成田将志さんの将ですわ」

「脇本は吉雄やったな」

「すごい記憶力ですね」

「ひまを持て余しとるさかい、昔のことばかり思いだすのや」

「鳥吉でもええのに鳥将……恩義を後生大事にかかえてるにしても、それまでの稼業を断ち切ったようには思えなくて」

「兄弟はともかく、かつての乾分どもは己の意志で変わったわけやない」

それなら。

また言いかけて、やめた。

地場のやくざ者と悶着になりかけたとき、脇本はうつむき、唇を嚙んでいた。

根に極道気質が残っているのなら、かつての親戚筋が訪ねてきているというのに、どうして仲裁のひと言を発さなかったのか。

喧嘩沙汰の場にもあらわれなかった。

鳥将の看板が泣きはしまいか。

白岩は、騒動のあと鳥将を覗きもしないでネオン街にまぎれ込んだのだった。

成田への報告もためらっている。

成田は脇本の性根を案じて頼み事をしたのか。

二人の性根は似ているということなのか。

「また要らん荷物をかかえてきたようやな」

花房がつぶやくように言い、川上に視線をやった。

川の真ん中を屋形船がゆっくりと下っている。屋根縁に灯がともっていないのだから宴会の客は乗っていないのだろう。

「乗れるかのう」

花房がぼそっと言った。

予約しましょうか。

そのひと言は咽《のど》に留めた。

どういう意味なのか読み切れない。

単に舟遊びを楽しみたいのか。

屋形船から隅田川にあがる花火を眺めたいのか。

そういう遊びができるような身体に戻りたいのか。

花房がぶるっと肩をふるわせ歩きだした。

白岩はまるくなった背に声をかけた。

「戻りましょうか。風が冷たくなってきました」

「かまへん」

駄々をこねるガキのように花房の足が速くなった。


好物の蕎麦《そば》が運ばれてきても、気分は晴れなかった。

——好子が待ってる。はよう行きなさい——

愛子の声には棘《とげ》があった。

たしかに好子と食事にでかける約束はしていたけれど、そのことで機嫌が悪いのでないのはあきらかだった。約束の時間にはぎりぎり間に合う。

長い散歩を怒っている。

そう直感した。

愛子には表情や気配で夫の体調がわかるのだろう。

散歩の帰り道で花房は軽く咳き込んだ。顔色は行きと変わらなかったのだが、帰りの足どりが重そうに感じられたので、いやがる花房をおぶって橋を渡った。

玄関の扉を開けてくれた愛子は花房の顔を見るなり、白岩を追い返したのだった。

叱られることには慣れている。大学の卒業式を直前に控えたある日に花房から親子の盃を受けて以降、いや、それ以前から、愛子には叱られながら育てられた。

花房には極道としての筋目を、愛子には男としての心構えを教えられた。

クスクスと笑う声がした。

「なんや」

白岩はぶっきらぼうに言った。

それでも好子は眼を細めている。

「いつまで経ってもおかあさんには頭があがらないのね」

好子は花房夫妻をおとうさん、おかあさんと呼んでいる。

「あげるつもりもないわい」

「お蕎麦がのびるよ」

好子が玉子焼きを頬張る。

「おいしい。このお店、関西の味がする」

「あたりまえや」

「えっ。ここは関西に本店があるの」

好子が品書を手にした。

日本橋室町にある老舗の蕎麦屋に来ている。

「この店の名とおなじ地名が大阪にあった。そこの蕎麦屋はたいそう繁盛したそうな」

「いまもあるの」

「とっくにない。埋め立てが進んで、地名も消えた」

急に空腹を覚えた。

好子のおかげだ。

そうなると、話している時間がもったいない。

ざると天ざるのつゆで五枚をたいらげた。ざる一枚の量がすくないので一般的な店であれば三枚というところか。

出汁《だし》で溶いた玉子焼きもたれ漬けの焼き鳥も甘く、白岩の舌を喜ばせた。

白岩は母親の影響もあってか、甘辛い味付けに馴染んでいる。

母が作る料理はどれも味が濃かった。

若いころ、その話をすると、愛子は声を立て笑った。

――わての家もおなじやったが、貧乏な家は皆そうやねん。さっぱりした味なら食が進むやろ。それで、味を濃くしてたんや――

そうだったのかと納得しても、慣れた嗜好を変えようとは思わなかった。

食事制限をさせられたようなものだが、丈夫な身体に育ててくれた。


腹ごなしに歩いて帰ることにした。

好子がきょろきょろと周囲を見ている。

「このへんはなんとなく大阪の街と雰囲気が似てるよね」

三越の前を通り過ぎ、日本橋を渡ろうとしていた。

水の都の大阪は街のいたるところに橋が架かっている。

「大阪が恋しゅうなってきたんか」

好子は、上京して以来、秋と春の彼岸の日以外は一度も帰阪していないという。北新地にある花屋は従業員にまかせきりらしい。

「そうなるときもあるけど、おとうさんやおかあさんはもっと恋しいと思うわ」

「それが励みになるんや」

「そうね……」

語尾が沈んだ。

白岩は、愛子の不機嫌な顔を思いだした。

「おやっさんの身体、どうやねん」

「わからない」

「姐さんはおしえてくれんのか」

「心配をかけないようにしてはると思う。けど、所帯道具が増えてるのが気になるの」

「………」

「あなたがお医者さんに訊いてみて」

「そうしてみるが、正直に話してくれるか……姐さんが口止めしとるかもしれん」

「おとうさんも自分の病状を知らないのかしら」

「その可能性はある」

「難儀やね」

好子がため息をこぼした。

白岩は話題を変えたくなった。敵は病魔だ。正確な病状がわからないのにあれこれ思い悩んだところでどうしようもない。

きっと花房は元気になる。

そう信じている。

——わては、あそこで、花房に人生最後の勝負をさせたい——

——死と向き合う覚悟て、人は気安く言うが、ほんまに大事なんは、死と対決してあがく覚悟や。わては、生きるための覚悟を、花房に見せてやりたい——

病院の下見に訪れた愛子は、病魔と闘う多くの患者を見て、そう言った。

骨の髄から搾りだすような愛子の声に身も心もふるえた。

心配ない。

白岩は己に言い聞かせた。


好子を自宅に送ったあと、タクシーで南麻布へむかった。

有栖川宮記念公園の近くに花房組東京支部を構えて三年になる。当初は白岩組の看板を掲げていて、東京での寝所のようなものであったが、花房組の跡目を継ぐとそういうわけにもいかず、三人の乾分を常駐させ、隣室も借りてそこを私室に使っている。

それでも看板を掲げているだけのことで稼業としての活動はしていない。関東に進出して根を張る気などさらさらない。いわば極道者としての見栄のようなもので、関東圏にいる一成会系列組織との連絡先として在るだけのことだ。

玄関の扉を開けるや、乾分らがすっ飛んできた。

「連絡をいただければお迎えにあがりましたのに」

支部長の佐野裕輔《さのゆうすけ》が口惜しそうに言った。

「そのついでに遊びたかったんやろ」

「おすっ」

三人の乾分が声をそろえた。

白岩は応接室のソファに寛《くつろ》いだ。

古川真吾《ふるかわしんご》が酒の用意をし、竹内修《たけうちおさむ》がキッチンで刃音を立てる。

男三人の共同生活だが、連絡しないで来ても部屋はこぎれいに片付いている。三人は大阪での部屋住みを経験しているので料理も洗濯も苦にしない。

ものの十分も経たないうちに酒のつまみがテーブルにならんだ。

「おまえらもやれ」

「おすっ」

佐野を真ん中にして正面に三人がならんだ。

事務所に顔をだしたのはひさしぶりである。東日本大震災がおきた翌々日に上京した。愛子も好子も電話では無事を強調したけれど、己の眼で確認したかった。

しかし、東京人は震災よりも空を案じていた。

新聞やテレビも地震や津波に遭った被災地の現状よりも、福島での原子力発電所の事故をおおきく扱っていた。関東圏における計画停電が騒動をさらにあおっていた。

人は身近な不安ほど恐怖心がつのる。近い将来におきると予測されている大地震よりもどれほどの線量かわからない放射能に怯えていた。

テレビを見て、つい感情が声になった。

——大騒ぎすることか。おやっさんは一年中浴びとるわい——

そう言うと、愛子にたしなめられた。

そのときのことを思いだして肩をすぼめた。

すかさず大柄な竹内の声がした。

「肩をもみましょうか」

大柄な竹内が言った。

「いらん。それより、おまえら、土方はどうした。飽きたんか」

去年の春から三人は交替でビルの工事現場や夜間の道路工事などの力仕事をやっていた。

身体を鍛えるのと、夜遊びの資金を調達するためらしい。

「しばらく行かんことにしたのです」

佐野が真顔で応えた。

「震災と原発事故のせいか、日雇い労働者の数が増えて、その日の仕事にありつけん人を大勢見かけるようになって、自分らは遠慮したほうがええと思うたんです」

「ええ心掛けや。けど、そうなると、六本木が恋しゅうなるのう」

「はい」

「しのぎがほしいか」

東京支部には本部からカネが送られている。佐野によれば充分すぎる金額らしいが、白岩はどれほどの額なのか知らない。

返事はなかった。

しのぎを持たない極道者のつらさは身に沁みてわかっている。白岩も部屋住みを経験しているうちは己のしのぎがなかった。それでも、賭場の合力を務めたり、兄貴分らの稼業の手伝いをして気晴らしに遊ぶ程度のカネは手にできた。

眼前の三人はそれすらない。

たまには経費で遊んでもかまへんぞ。

不憫に思ってもそうは言えない。部屋住みの極道者は丁稚奉公とおなじなのだ。下積みで我慢を覚えた者はいずれ独り立ちできる。しのぎのありがたさもわかる。

そろそろ大阪に戻してやるか。

それとも、東京でしのぎを始めるか。

そう思ったとき、佐野の声がした。

「自分は東京に根を張りたいと思うてます」

「なんぞやりたいことでもあるんか」

「まだこれと言うて……けど、親分のお許しをもらえれば、勝負してみたいです」

「勝負か。わかった。やりたいことを見つけたら相談せえ」

「おすっ」

佐野の声が元気になった。古川と竹内の顔もほころんだ。

三人の身体には熱がマグマのように溜まっているのだろう。

「支度せえ。でかけるぞ」

三人が一斉に立ちあがる。

白岩も腰をあげた。

遊ぶ前にやることがある。そのために友人と会うのをやめたのだった。

私室に入って、固定電話の受話器をにぎった。
気は進まないが、報告する義務がある。
一回の呼び出し音で成田がでた。
電話機のそばで待っていたかのような気がした。
「白岩です。連絡が遅うなってすみません」
《いや。面倒をかけてすまない》
「預かり物は柿沢トミさん本人にお渡ししました」
《受けとってくれたか》
「はい」
《中身を確認したのか》
「いえ」
《そうか……ありがとう》
白岩は逡巡のあと、訊いた。勝手な憶測を引き摺りたくない思いがそうさせた。
「綾さん、体調が悪いのですか」
《どうして……》
「そんなふうにお見受けして……気のせいならいいのですが……」

歯切れが悪くなった。こういう話は苦手なのだ。

わずかばかりの間が空いた。

《心臓がだいぶ弱ってる》

「病院には行かれてるのですか」

《このあたりにはおおきな病院がなくて……一度青森の病院で診《み》てもらったのだが、あいつが入院も通院も拒んで……まあ、仕方がない》

「そのことを……」

白岩は声を切った。

書状に認《したた》めたのかと訊くのは失礼だ。

だが、成田には悟られた。

《あの箱にはトミさんからの預かり物が入っているだけだ。あいつが必要ないというので返すことにした》

「そうでしたか。余計な詮索をして申し訳ありません」

《俺のほうこそ……不愉快な思いをさせたのではないかと気をもんでいた》

「いい人でした。この極道面を歓迎してくれました」

列車での偶然の出会いは話さなかった。

成田夫妻も柿沢トミも胸になにかをかかえているのは事実のようで、そういう人たちにあれもこれも話すのは好ましくないと思う。
《助かった。ついでと言ってはなんだが、綾のことは兄弟に言わないでくれ》
「わかりました」
かすかなため息のあと、声が届いた。
《脇本は元気にしていたかな》
「はい。焼き鳥屋の主が様になって、店は繁盛していました」
《そうか》
「なにか心配事でもあったのですか」
《じつを言うと、新幹線に乗ったとき不意に里心がめばえて、トミさんに門前払いを喰ったあとであの店の前まで行ったのだが、入れなかった》
「連絡をとり合っているのですか」
《いや。刑務所にいるとき、鳥将という焼き鳥屋を始めたと手紙が来た。それがかつての身内からの最後の便りだった》
やはり成田は過去を捨て切れないでいるのか。
変わろうとして変われなかったのか。

そう思った。

成田は鳥将の住所と電話番号をすらすらと紙に書いたのである。

鳥将に入らなかったのは事実だとしても、そこまで調べたのも事実である。

白岩は鳥将での出来事も話すつもりはない。

それ以前に電話での長話もしたくなくなった。

「綾さんに、くれぐれもご自愛なさるようにお伝えください」

電話を切るや、乾分らがうれしそうにあらわれた。

俺は恵まれている。

そう実感するような連中の笑顔だった。

第二章　いらぬ世話

いきなり夏になることはないやろ。

白岩は、両の親指でこめかみを押さえながらぼやいた。

頭のそこかしこを錐《きり》でもまれている。

道路に粉塵《ふんじん》がキラキラと舞うのを見るだけでめまいがする。

ひどい二日酔いだ。

昨夜は乾分たちと酒場を梯子《はしご》した。遊ぶときは稼業も雑念も忘れて羽目をはずすようにしているが、それにしてもはしゃぎすぎた。二軒目の女たちを連れてカラオケのある店に移ったあと、乾分らのヘタクソな歌を鼓膜で弾き返し、となりの女とじゃれ合っていたところで記憶が途絶えている。

とはいえ、夜遊びを反省したことはない。

となりに座った女を口説《くど》くのは男の礼儀である。

それにしても、夏の空はうっとうしい。

こんな思いをするのならカフェテラスなんかで待ち合わせしないで、ホテルの喫茶室を使えばよかったと後悔しても後の祭りだ。一時間前に電話で起こされたときにカーテンを開けなかった自分が悪い。

――あなたの事務所の近くまで行きます――

指定された店は知っていたので即座に応諾したのだった。

「お友だちと呑まれたのですか」

あかるい声がしたほうに視線をやった。

優信《ゆうしん》調査事務所の木村直人《きむらなおと》がにっこり笑って正面に腰をおろした。

お友だちとは鶴谷康《つるたにこう》のことで、東京でほかに友と呼べる者はいない。

幼なじみの鶴谷は企業間のトラブルの処理を稼業にしている。経済の裏舞台で暗躍する連中を関東では示談屋とか交渉人と称し、関西では捌《さば》き屋ともいわれている。

鶴谷が情報収集の部分で最も信頼しているのが木村所長である。木村はかつて警視庁公安部に所属していたらしく、彼の事務所には警視庁の各部署にいた元警察官や、経済・金融のプロフェッショナルが多く集まっているという。

木村とはほぼ一年ぶりの再会になる。

鶴谷は仕事以外で木村とは会わないという。仕事に情を絡めたくないのだ。

だから白岩も、名前は聞いていたけれど、一年前に酔狂が高じて面倒事にかかわらなければ木村に接触することはなかった。あのときのことは鶴谷に話していない。もちろん、個人的に木村と親しくなるつもりはまったくない。

「やつはひまをこいているんか」

白岩の悪態も木村は笑って返した。

「面倒なお仕事の真っ只中です。お先真っ暗の、不安まみれの状況なので、あの方を必要とする企業はあとを絶たないでしょう」

白岩は顔をしかめた。

この二年あまり、鶴谷に助っ人を頼まれていない。理由はわかっている。白岩が一成会の幹部になったので迷惑をかけまいとしているのだ。暴力団対策法は改正をかさねるごとに厳しくなり、とくに企業とのかかわりはどんなに些細なことでも厳罰に処される。暴力団は当事者だけでなく、組織そのものが捜査の標的となる。

それにしても水臭い。

またぼやきかけたところで、木村が口をひらいた。

「面倒と言っても、あの方には朝飯前のようなものです。自分もお仕事を頂戴しているのでわかるのですが、あなたのお力も必要ないかと思われます」

「そんな次元の話やないわい」

胸のうちを見透かされたような気分になり、つっけんどんに返した。

「失礼しました」

木村が神妙な顔で言った。

白岩は煙草を喫いつけて間を空けた。

突然の夏に神経がささくれてしまったようだ。

頬に傷を負ったのはギラギラと太陽が照りつける日のことであった。

あの日以降、夏の一時に意味もなく不機嫌になることがある。

木村がＡ四版の封筒をテーブルに載せた。

「ご依頼の件、書面にまとめました」

「あいかわらず仕事が早いのう」

白岩が木村に連絡したのはきのうの朝である。東京へむかう新幹線のなかで青森と仙台での出来事を思いうかべているうちに疑念と不安をとり除きたくなった。

気になるといつまでも引き摺る気質なのだ。みずから面倒を買ってでようとは思わないけれど、胸にくすぶる靄は消してしまいたい。

「恐れ入ります。調査は継続中ですが、ご依頼の三名の素性と履歴は判明しました」

白岩は中身を確認しないで封筒を脇に置いた。

「TDRという会社のことはわかったか」

「はい。社長の野田が五年前に設立した会社で、順調に業績を伸ばしています」

「野田はいくつや」

「ことしで三十二歳になります」

「二十八で独立……それで取引先の企業の信頼を得てるんか」

「大学を卒業後に銀行系の総合経済研究所に勤めまして、市場調査を担当する部署にいたのですが、消費動向を分析する能力には定評があったそうです」

「TDRの業務内容は」

「流通と小売業界の市場調査および販売データの分析がメインの業務で、ベンチャー企業が取引相手ですが、コンサルティング業務も請け負っています」

「やり手というわけか」

「時代の潮流にうまく乗ったとも言えるでしょう。企業の多くは、とくに小売業界の国内企業は、外国企業の参入に対抗するために、蔓延《まんえん》する閉塞感を打ち破るために、若者の発想や感覚に期待する傾向が強くなっています」

「ええかげんやのう」

「ギャンブルみたいなものですね」

木村が表情をゆるめた。

白岩は真顔になった。

「そら、違う。博奕打《ばくち》ちに失礼や。連中のひらめきは豊富な経験に裏打ちされとる」

「お言葉ですが、比較にはならないと思います。あなたの知る博奕打ちは生活を、ときには己の命を賭《と》しているのでしょう。企業はそこまでしません。若者に期待するといっても投資をするわけではありません。使いものにならなければクビにして、おわりです」

「つまらん世のなかになったもんや」

白岩はため息をついた。

「中村の会社はどうや」

白岩は、柿沢トミに中村の名刺を見せてもらった。

その名刺には、「株式会社　自由市場　販売促進課」とあった。

「自由市場はネット販売を主業務として三年前に設立されました。業界としては後発組で業績はまずまずというところですね」

「ネット販売の会社がなんで訪問販売をしてるんや」

「えっ」

木村が声を洩らし、首をかしげた。

当然の反応である。そこに至る事情は省いて、ＴＤＲの野田武と自由市場の中村潤《じゅん》、それに、北勇会の石川幸夫《ゆきお》の身辺調査を依頼したのだった。

白岩は、旅の出来事を短く話した。

その間に木村は幾度もうなずき、ときおり、笑みをうかべた。

笑顔の理由は推察がつく。また酔狂の虫がめざめたとでも思っているのだろう。

話しおえると、すぐに木村が口をひらいた。

「自由市場はベンチャー企業ではありません。清水《しみず》商会という訪問販売の会社の社長がジュニアに代わって通信販売も手掛けるようになり、先代が亡くなった直後に社名を変更し、オンライン産業に参入したのです」

「それやのに効率の悪い訪問販売も続けとるんか」

「日本は老人大国です。パソコンやケータイが苦手な老人も多い。清水商会は訪問販売の老舗で、東北と北海道には多くの顧客を持っていたそうです」

「北に強いんか」

「清水商会の本社は仙台にありました。自由市場になって本社を東京に移したのです」

「なおのこと効率が悪いやろ」

「それが……」

木村が白い歯を見せ、すこし前かがみになった。

「カモリストってご存知ですか」

「ん……なんやねん」

「同業者が顧客情報を共有してるのです。訪問販売だけではなくて、通信販売やネット販売の業者も結託しているとか」

「つまり、狙い撃ちか」

「はい。顧客リストは訪問販売と通信販売、ネット販売に分かれ、さらには、顧客の購買実績を基にして、それぞれＡＢＣＤＥの五段階にランク付けされています」

「購買実績とは違うやろ。老人をあの手この手で騙し、売りつけてるとしか思えん」

白岩は、柿沢トミと中村のやりとりを思いうかべた。

「おっしゃるとおりです。カモリストには顧客の情報……どういう話をすれば相手が乗ってくるとか、どれくらいの金額の商品が売りやすいとか……家族構成や資産状況はもちろんのこと、顧客の気質まで細かく記してあるそうです」

「詐欺集団やな」

「まったく……カモリストの情報は数年前に入手していたのですが、それにかかわる仕事の依頼がなくて……いま、最新の情報をあつめているさなかです」

「期待しとくわ」

「TDRと自由市場はコンサルティング契約を結んでいます。野田と自由市場の二代目社長の清水大作《だいさく》は大学の同級生で、親しい関係にあるとの情報を得ました」

「二人と北勇会の関係を調べてくれ」

「すぐに部下を仙台へむかわせますが、多少のお時間をください」

「かまへん」

白岩は、用意の封筒を手渡した。

「百万ある。追加が必要なときは遠慮なく言え」

「ありがとうございます。それにしても……」

木村が語尾を沈めた。

「事実関係を知りたいだけや。首を突っ込む気はない」

「はい」

軽やかな声音は、それで済むとは思えないと言っているようなものだ。

しかし、腹は立たない。木村の調査結果しだいで動くこともあるのは自覚している。

酔狂とは関係なく、花房の縁も、列車で知り合った少女の縁も大事にしたい。

その思いが声になる。

「部下を仙台に行かせるのなら、ついでに調べてもらいたいことがある」

「なんでしょう」

木村が手帳を開いた。

「広瀬通の路地裏に鳥将という焼き鳥屋がある。そこの主人は、さっき話した成田さんのかつての乾分で、名を脇本吉雄と言うのやが、彼の経歴と人脈も調べてくれ」

「わかりました。ほかにはありませんか」

白岩は返事をためらった。

ものにはついでということがある。

一方で、ええかげんにせえ、と叱る自分もいる。

迷った末に、腹を決めた。

「仙台に青葉建設という会社がある。創業者の孫娘の婿が国会議員をしとるそうな。会社と議員の周辺も頼む」

もう止まらなくなった。白岩はさらに依頼を追加する。

「成田さんの奥さんの病状を知りたい」

白岩は、木村の手帳を奪いとるようにして、住所と成田綾の名前を書いた。

木村があきれた顔をしているような気がして、ペンを置くや外に視線をやった。風景がゆれて見えた。太陽も笑っているのかもしれない。

忘れていた頭痛がまたひどくなり、今度は手のひらでこめかみを押さえつけた。


「東京のホルモン鍋はえらい上品やのう」

金子克《かねこまさる》が鉄鍋を覗き込むようにして言った。

地声が太い。身長が百七十センチに満たない金子は、小柄な極道者に共通して鼻っ柱が強く、それがそっくりそのまま声音にもあらわれる。

近くの席にいる人たちは眉をしかめているかもしれない。けれども頓着しない。白岩も金子も同業者を相手にしないかぎり、他人には迷惑をかけない。東京の一般人はそばに関西弁まるだしの極道者がいるだけで迷惑かもしれないが、そこまで気を遣ってしまえば息もできなくなる。

「これは博多のモツ鍋や」

「モツもホルモンや。それに、野菜の量も種類もすくなすぎるわ」

白岩も苦笑をこぼした。

銀座のモツ鍋屋にいる。

長尾菊に連れられて入ったとき、白岩もおなじ台詞《せりふ》を口にしたのだった。

白濁のスープのなかでキャベツとニラが煮立っている。

その上に載せた餃子の皮がややわらかくなれば食べごろだ。

いやなら食うな。

そう言いかけたときはすでに、金子は箸と口を動かしていた。

「おお、いけるがな。あと三人前ほど追加するか」

金子が顔をほころばせた。

一人前の極道者には食通が多い。女と食事に見栄を張るのは関西極道の伝統である。

白岩は日本酒と餃子で時間を流し、金子の胃袋が満足するのを待った。

金子が鍋の具をたいらげ、追加を注文した。

「おまえ、なにしに来たんや」

「先代の見舞いにきまってる」

金子は三年前に白岩が跡目を継ぐまで花房組の若衆だった。花房組四天王といわれた四名のうち、白岩は二代目花房組の組長になり、金子と石井《いしい》忠也《ちゅうや》が本家一成会の直系若衆として盃を直し、細川守《ほそかわまもる》はそれを固辞して二代目花房組の舎弟となった。

「ほんまにそれだけか」

「ほかになにがあるねん。兄貴が執行部会のあと事務所に寄らず東京へ戻ったと聞いた。おととい のゴルフコンペに顔をださんかったさかい、先代の容態が相当悪いんやないかと皆で話をしてな……で、俺が様子を見に来たんや」

「電話で済むことやないか。おやっさんのことでうそはつかん」

「そら、わかってるけど、なんや胸騒ぎがしてな」

「顔を見て安心したか」

金子がさぐるような眼つきをくれた。

「なんやねん」

「俺は先代の眼にも声にも力がないように感じた」

「気のせいや」

「そうやろか」

「姐さんは長い勝負になると言うてはる。ずっと気を張り詰めてたら持たんわ」

「ほな、兄貴はなんで東京に長居してるんや」

「おなごがうるさい」

「さっきの店の子か」

金子はきょうの四時に東京へ着き、花房の自宅を訪ねた。

一時間ほど談笑して一緒に外へ出た。

そうしたのは白岩の判断に拠《よ》る。

花房夫妻はかつての身内らの見舞いをいやがっている。花房組の面々も、親戚筋の連中もそれを承知しているので上京してくる者はほとんどいない。

金子も気を遣って白岩の顔を見て帰ると言ったのだが、あまりにつれないように思い、愛子に頼んで面談の許可をもらった。

花房はうれしそうで、昔話に花を咲かせていた。花房に言わせると、やんちゃで喧嘩っ早い金子はデキの悪い息子になるのだが、それだけに話題には事欠かない。

白岩は、二人の話を聴きながら、愛子の様子を気にしていた。

愛子は三人のいる居間に顔をださなかった。

トイレに立ったさい隣室を覗くと、愛子は物憂げな顔でテレビを見ていた。

夕餉の時刻が近づいているのにじっとしている。好子も呼んでいなかった。

白岩は、トイレのなかでその理由を考えた。

愛子の気質はわかっている。たとえ招かざる客であっても丁寧にもてなす。気心の知れた身内でもおなじで、夕食時には客の食欲をそそる刃音を立てていた。

金子を邪険にするはずがない。

愛子が動かない理由はひとつしかうかばなかった。

花房の身体を案じているのだ。

容態が悪いことを客に感づかれたくないとの思いがあるのだろう。

だから、頃合を見て金子を連れ出したのだった。

銀座で食事をして酒場を回り、最後に菊のいるクラブ・遊都《ゆうと》で遊んだ。

金子が言葉をたした。

「銀座もあかんようやな。人がおらん。北新地と変わらんわ」

「おまえが心配することやない」

「うーん」

金子が低くうなった。

白岩はピンときた。金子の気質は真っ直ぐなので顔にでる。

「東京に出張るつもりか」

「そういうわけやないが……あおられてる」

「誰に」

「浪花の安売り王や」

「バッタ屋のおっさんか」

小売業大手に成長したナンボ屋の社長、南修一《みなみしゅういち》はかつてバッタ屋だった。

昭和三十年代から四十年代にかけての高度成長期に、大阪を中心に関西ではバッタ屋が多くいた。製造元を値切り倒して現金でまとまった数の商品を安く買い入れ、客には市場価格よりかなりの安値で売るのをバッタ商法と称し、業者のなかには盗品や不良社員の横流し商品に手をつける者もいたという。

バッタ屋の大半は地域密着の小商いに徹していたのだが、南の商魂は逞《たくま》しかった。大阪ミナミの繁華街で安売り王・ナンボ屋を開店して人気を得るや、わずか二年間で関西の中心地に七つの店舗を展開し、既存の小売業者をおどろかせ、慌てふためかせた。

十三年前の還暦の歳に東京進出を果たし、ライバル業者がひしめく関東圏でも着実に業績を伸ばして東証一部に株式上場する企業となった。

南は、十五歳で呉服屋に丁稚奉公にあがり、二十歳のときにバッタ商法を知って独立を決意したあとは前だけを見て駆け抜けた、新時代の浪花商人である。

南の唯一の趣味が博奕で、それも関西が主流の賽本引《さいほんび》きと野球賭博しかやらない。

その博奕の打ち方は変わっているというか、徹底していた。

賭場にやってくると三十分か一時間はまったくカネを張らずに盆上をにらみ続け、勝負処と確信したときに、目いっぱいのカネを張る。

勝っても負けても一晩に一回ぽっきりの勝負をする。

白岩は若いころに何度もその場面を目撃した。

金子によれば、野球賭博もおなじで、週に一、二度、一試合に数百万、ときには千万単位の勝負にでるという。野球賭博は一日に複数試合が行なわれる場合は三試合以上に賭けなければならない決まりがあるが、金額に差をつけることは許されているので、南は勝負掛けの試合以外には数万円しか張らないそうだ。

「あのおっさん、まだ賭場に出入りしとるんか」

「滅多にあらわれん。来ても、パッと張って、さっと消える。うちは警察と仲良しで、関西では安全な賭場やけど、南さんも有名人になったさかい。けど、野球賭博は死ぬまでやる気や。おなごや古い社員の口座を使うてガンガン張りよる」

金子の主な資金源は博奕である。如才無い金子は博奕好きの客をあつめるのがうまく、公営ギャンブルや野球賭博、賽本引きの賭場などの胴元として稼いでいる。いまではめずらしい古典的な極道者といえる。

「どうあおられてるんや」

「南さんには東京の客を紹介してもらってるんやが、俺が接待せんこともあってか、東京の客は大阪の胴元が気に入らんそうな。東京は人も多いし、ゼニも動く。そやさかい東京で本腰を入れたらどうやと、そそのかされてるねん」

「いまの東京はゼニが回らん。震災と放射能で先の見えん不安があるうえに、ヨーロッパの財政・金融危機、さらには円高で企業は泣いとる。蓄えに余裕がある者でも、いまの状況で趣味や娯楽にカネを使う者などおらん」

「ほんまやな。不況のときはギャンブルが流行《はや》るいうけど、今回はあかんな」

「大阪でおとなしゅうしとれ」

「ああ。銀座を見てふんぎりがついた」

「二十年来のおっさんは大事にせえよ」

「わかってる。あした会《お》うて、あんじょう話をするわ」

「やっぱりほかに用があったんやな」

「あほなこと言わんといてくれ」

金子が慌てふためいた。

「南さんはついでや。仲間と相談して見舞いに行くと決めたあとで連絡した」

金子が言訳をしている間に長尾菊がやってきた。

白岩は、となりに座った菊に話しかけた。

「このガラの悪い人な、あしたも客になってくれるそうな」

「ほんと」

菊が声を弾ませ、満面に笑みをうかべた。


翌日は自室にこもった。

銀座入船にある菊の部屋でめざめたあと二人で銀座を散歩して昼食を摂ったのだが、会話は途切れがちで、菊の話もほとんど耳に入らなかった。

――白岩さん、なんか変よ。心配事でもあるの――

菊にそう言われても応えようがなかった。

義理の親の花房が東京に滞在していることは話していない。おんなには稼業の話はいっさいしない主義なのだ。

事務所にいる乾分らにも声をかけなかった。

誰にも会いたくない気分になるときがある。

西陽が落ちて空腹を覚えたが、億劫が先に立ち、でかける気分にはならず、スコッチの水割りと煙草で時間をやり過ごしている。

頭のなかも胸裡もうっすらと靄がひろがっている。

——いい意味で小康状態を保っています。いまもがん細胞はありますが、それが悪化していることはなく、現時点では転移の心配もほとんどありません——

国立がん研究センター中央病院の医師は淡々とした口調でそう言った。

それでも、花房の身体にがん細胞があるという事実は白岩の心を重くした。

——心配なのは花房さんの精神面です。つらい治療にも耐え、頑張っておられるのですが、近ごろちょっと元気がなくて……これはほかの患者さんにも言えることで、東北の震災と原発事故が重度の患者さんには応えているようです——

医師の言葉はなんとなく理解できても、それを受けて、花房にどう接すればいいのかまるでわからない。

せめて愛子が指示してくれればと思うのだが、愛子は花房の日常の様子を語らないどころか、白岩と二人のときも会話そのものをあまりしなくなった。

愛子も悩んでいるのか。精神が弱っているのか。

好子とのやりとりも心にひっかかっている。

——大阪が恋しゅうなってきたんか——

——そうなるときもあるけど、おとうさんやおかあさんはもっと恋しいと思うわ——

——それが励みになるんや——

苦境が励みにもバネにもなることはたしかにある。

白岩も幾度か体験してきた。

しかし、それは苦境の理由が明白で、実感しているから克服できたのだ。

漠とした不安にどう立ち向かえばいいのか。

それがわからないでとまどっている。

もしかすると、愛子もおなじ心境なのではないか。

そんなふうに思うときがある。

愛子の声が鼓膜によみがえった。

――死と向き合う覚悟て、人は気安く言うが、ほんまに大事なんは、死と対決してあがく覚悟や。わては、生きるための覚悟を、花房に見せてやりたい――

花房夫妻にあらたな敵があらわれたのか。

白岩は氷の溶けた水割りをあおり、やるせないため息をついた。

直後に携帯電話が鳴った。

記憶にない電話番号である。それでも耳にあてた。

《白岩さんですか》

女の声がした。聞き覚えのある声だがすぐには思いだせなかった。

「白岩やけど、どちらさんで」
《仙台の柿沢です。先日はありがとうございました》
「とんでもない。こちらこそ汚い顔を見せて、すみませんでした」
《あのう……お訊ねしたいことがあるのですが……》
きょうのトミは先日とは打って変わって声音が弱かった。
「なんなりと」
《先日はあんな横柄なことを言っておいて申し訳ないのですが、綾の暮らしぶりをお聞かせ願えませんか》
「短時間の滞在だったので、それに、他人様の詮索をするのは気がひけて……見たことしか話せませんが、平穏に暮らされているように思います。ご夫婦で舟に乗っている姿はほほえましく見えましたし、家のなかの佇《たたず》まいもほっとする感じでした」
《暮らし向きはどうでしょう》
「さあ」
白岩は曖昧に返した。
暮らしが豊かなのかどうかは人の価値判断によっておおきく異なるだろう。
吐息が洩れ聞こえた。

《ごめんなさい。そんなことわかるはずがないのに》
「普通に暮らしておられると思います」
《そうですか……》
「なにかご心配なことでもあるのですか」
《いえ……十年も音信不通だったのに、突然あなたに無理なお願いをして……》
トミが言葉を選んで話しているのはありありとわかった。
あの木箱になにが入っていたのですか。
そう訊けないもどかしさがつのりかけた。
綾の表情が気になることも言わないほうがいいだろうとも思う。
トミが言葉をたした。
《急なことで心が対応できなくて、とまどっているのです。十二も歳の離れた妹なので不憫に思い、それでも妹はいなかったものと諦めていたのに……あなたがおっしゃったとおり、わたしとおなじ血が流れているのですね》
「自分には兄弟がいないので実感はありませんが、お気持ちは察します」
《ありがとうございます。ところで、白岩さんは大阪ですか》
「いまは東京で、しばらく滞在することになると思います」

《今週末もおられますか》
「なんとも……あすはどうなるかわからない稼業なもので」
また吐息が届いた。今度は軽く感じられた。
「上京される予定があるのですか」
《あなたがおられるのならお会いしたいと思っています》
「お約束はできませんが、前日にでもご連絡ください」
《そうさせていただきます》
最後のひと声はあかるく聞こえた。
白岩は電話を切っても、しばらく携帯電話を握っていた。
いらぬ世話や。
頭のどこかで声がした。
花房のことだけに心を砕け。
叱る声も聞こえた。
迷ったけれど、成田に電話をかけるのはやめた。
成田綾の体調が悪いのではという思いは推測でしかない。
柿沢トミの話も曖昧である。

それ以上に、血の絆に赤の他人がかかわっていいものかどうか。

トミに会うこと自体にもためらいを覚える。

白岩はスコッチをストレートであおり、頭をふった。

なるようにしかならない。

そう己に言い聞かせ、これまでの人生の大半は流れに逆らわずにきた。

逆らうことがあれば、それは平時でなく、命を賭けた勝負の時だろう。

すこしずつ気持ちが鎮まり、ようやく携帯電話を手放した。

東京の友人に電話をかけるのもやめた。

幼なじみの鶴谷には顔を合わせた途端に胸のうちを読まれてしまう。

木村の口ぶりから察して鶴谷の仕事は詰めの段階に入っているようだから、いらぬ気遣いをさせれば彼の仕事の邪魔になる。

そう思って我慢した。

走る前線基地が動きだした。

ミニバンのアルファードはオプション仕様になっており、後部座席は細長いテーブルを挟んで五人が座れる。その後方には赤や緑のランプがともる機材が整然と配され、小型冷蔵庫やコーヒーメーカーなどがある。

「かなり調査が進んだようやな」

白岩は笑みをうかべて言った。

この車を利用するということは木村が用心している証《あかし》である。

木村も頬をゆるめた。白岩の言葉の裏を読んだのだ。

「相手も情報のプロのようなので、窮屈なのはご勘弁ください」

「野田のことか」

「はい。想像以上の人脈でした。その元になっているのはナンボ屋の社長……」

「安売り王か」

思わず声になった。

「つき合いがおありですか」

「顔を見れば話す程度やが、関西で南修一を知らん者はおらん。バブルが崩壊して以降の大阪経済は真冬続きで、そのなかでキラキラ輝いてるんはあのおっさんだけや」

「大阪の星ですか」

「そんな上品な男やない。道頓堀に浮かぶネオンみたいなものかな」

白岩はさらりと言った。

木村が白い歯を見せた。

「博奕好きとか」

「おっさんことを調べたんか」

「昨夜はあなたの兄弟分の金子克さんと呑んでいました」

「ほう」

白岩はすくなからずおどろいた。

金子が南と会うのは本人に聞いていたし、深夜には菊から、二人がクラブ・遊都に来てくれた、との報告があった。

わずか数時間で金子の素性を調べあげたことに感心した。

「南のおっさんに張りついてるんか」

「いえ。野田を監視していました。野田は午後三時に丸の内にあるナンボ屋本社を訪ね、南社長と面談しました。その流れで、南社長にも尾行をつけたのです」

「南は野田の後見人のようなもんか」

「そのとおりだと思います。先日にＴＤＲは複数の企業とコンサルティング契約を結んでいるとお話ししましたが、そのほとんどは南社長の紹介によるものでした。ナンボ屋の系列企業はすべてＴＤＲと連携しています」

「野田がやり手なんか、それとも、南が野田を動かしとるんか」

「そこのところはまだわかりません。ただ、野田が総合経済研究所に勤めていたころからのつき合いで、野田が独立したさいに南が資金援助をしたとのうわさがあります」

「ふーん」

白岩はそっけなく声を洩らした。

野田と南の関係に興味をそそられても、それ以上の関心事ではない。

しかし、木村のほうは南に固執した。

「南社長の前歴はご存知なのですね」

「バッタ屋や。元祖というわけやないが、おっさんの成功が、いまの安売り業界の手本になったという話を聞いたことがある」

「ネット販売会社の自由市場も東京に本社を移すさいに南社長の援助があったとか。おそらく野田の仲介によるものでしょうが」

白岩は、木村の眼を見つめた。

「南にこだわってるんか」

「カモリストが気になっています」

「どうよ」

「個人事業レベルでの通信販売や訪問販売の業者は情報管理が杜撰《ずさん》で、それらの顧客情報は頻繁に流出していたのですが、カモリストのデータが出回りだしたあたりから情報管理が徹底されるようになりました」

「それをどう読んでる」

「通信販売と訪問販売、それにネット販売を加えて、業界を束ね、統制できる人物がいるのではないかと思っています」

「南か」

「確証はありません。ですが、三つの業界がカモリストを共有するようになったのは、自由市場の設立時と符合します」

「興味はあるが、そっちはまかせる。仙台の報告をせえ」

「はい」

木村はテーブルの資料に視線をおとし、ややあって顔をあげた。

「TDRの野田武と自由市場の清水大作は前に報告したとおりの仲ですが、その二人と北勇会の関係は清水の父親、つまり清水商会の創業者と北勇会の会長斉藤勇《さいとういさむ》との縁が基になっているようです。白岩さんは、北勇会のことにくわしいのですか」

「かつて仙台には伊達《だて》一家という老舗の組織があった。博徒とテキ屋を束ねた集団やが、二十年前になるか、三代目の座をめぐって内部抗争がおきた。当時の若頭の斉藤が跡目候補の筆頭といわれていたんやが、二代目は若頭補佐の成田将志を後継に指名した。斉藤とその一派はそれに反発して北勇会を立ちあげた」

木村がうなずき、口をひらく。

「その当時の清水商会は訪問販売というより、行商に近く、着物や寝具などをトラックで運んでは東北各地の公民館などで展示即売をしていたそうです。そのさいに、伊達一家のテキ屋の元締にみかじめ料を払って便宜を受けていたとか」

「なるほどな」

伊達一家の分裂は博徒とテキ屋の対立が原因とも聞いたことがある。

けれども成田が引退したあとのことは無知に近かった。

伊達一家の解散で花房組との縁は切れた。本家の一成会も全国各地の暴力団と縁を結んでいるけれど、東北と沖縄には親戚筋の組織が存在しない。

そのうえ、白岩は関東以北の同業とはほとんどつき合いがない。

「清水商会の代が替わり、社名を変更してもその縁が続いているものと思われます」

「北勇会の勢力はどれくらいや」

「系列組織を含めても三百人に届きません。ですが、斉藤会長は東友会《とうゆうかい》の幹部と兄弟盃を交わしていまして、東北では羽振りを利かせているようです」

　東友会は東京を本拠にする広域指定暴力団で、構成員は五百名ほどだが、東では関東誠和《かんとうせいわ》会《かい》と肩をならべる老舗の組織である。

「資金は」

「あいかわらずテキ屋稼業がメインですが、東北新幹線が開通したあとは不動産関連に手を伸ばし、いまでは地方自治体にも喰い込んでいるとか」

「悪知恵をつけるやつがおる」

　木村が眼を細めた。

「ご想像のとおり、野田が関与しているものと推測しています」

「そうか」

　白岩の勘が反応した。

「ナンボ屋は東北に店舗を持ってないのう」

「はい」

　木村の声がはずんだ。

「仙台への進出計画があるんか」

「そういううわさです。それも、つい二か月ほど前……震災がおきて数週間経ったころ不動産業者に動きがあったとか」

「調査を継続してくれ。あと、鳥将の主のことはわかったか」

「鳥将は繁盛しています。主人の脇本吉雄さんは、伊達一家が解散したあと、しばらくはかつての仲間と一線を画して商売に励んでいたようですが、この数年は北勇会の石川幸夫と親しくしているようで……その背景については調査中です」

「ほかのふたつはどうや」

「青葉建設と、柿沢さんの娘婿の大田《おおた》和仁《かずと》に関してもいましばらくご猶予を」

「津軽もまだか」

「申し訳ありません」

トミとの電話でのやりとりがうかんだ。

——上京される予定があるのですか——

——あなたがおられるのならお会いしたいと思っています——

——お約束はできませんが、前日にでもご連絡ください——

——そうさせていただきます——

最後のひと声が気になっている。

トミは自分になにかを期待しているのだろう。

そのなにかの中身が自分の胸の不安とかさなっているような気がしてならない。
「成田夫妻のほうを優先せえ」
「わかりました」
白岩はおおきく息をついて、窓に視線をやった。
見慣れた風景がある。塀の上に有栖川宮記念公園の木立がひろがっている。
早寝をしたおかげでめざめも早く、ひさしぶりに公園を散策したのだった。
どうやら、走る前線基地は周辺を走っていたようだ。
四つ角の手前で車を降りた。
金網のむこうの野球場で歓声があがった。
ホームベースに滑り込む若者が土煙をあげた。
アルファードが走り去ったあとも、白岩は草野球を観戦していた。

極道の面と商売人の顔をうまく使い分ける金子の表情が冴えない。
身内といるときは人懐こい愛嬌をふりまいたりするのだが、それもない。
箸の動きも鈍い。
八重洲のホテルで遅めの昼食を摂っている。

「悩んでもしゃあないやろ」

白岩は突き放すように言った。半分は己にむかって吐いた言葉でもある。

「小康状態とは曖昧な言い方やで。大阪の連中に説明のしようがないわ」

「そういうもんや。医者は先のことをぼかしたがる」

「石井の兄弟に、小僧の使いやないと怒鳴られそうや。兄貴のところの和田にもあれこれと突かれそうで気分が重うなる」

「おまえらしゅうもないことぬかすな」

「ほかならぬ先代のことや」

金子が顔をしかめた。

「花房一門だけやない。先代を慕う一成会の古参組長らも案じておられる」

「わかっとる。来週にでも大阪に帰って皆に報告する」

「そうしてくれると助かるわ」

「それまでよけいなことを喋るな」

「よけいなこととはなんやねん」

「おやっさんの眼に力がないとか……とにかく、推測でものを言うな」

「ん」

金子が顔を近づけた。

「兄貴、なんか隠してないか」

「隠すかい。わいはおまえ以上に不安で、疑心暗鬼になりかけとる」

「容態が悪化してると思うてるんか」

「そうやないけど、東京に住んで一年が過ぎた。姐さんも好子もそばにおるとはいえ、おまえも知ってのとおり、おやっさんは人が好きや。なんぼ生きるための勝負をしてるというても、張り詰めた神経がどこまで持つか……」

「難儀やのう」

「ほんまに」

白岩はため息をついた。

——心配なのは花房さんの精神面です。つらい治療にも耐え、頑張っておられるのですが、近ごろちょっと元気がなくて……これはほかの患者さんにも言えることで、東北の震災と原発事故が重度の患者さんには応えているようです——

そっちの話は金子に伏せている。

花房は震災と原発事故の影響で塞ぎ込んでいるのか。

あらためて人の生死を考えているのか。

おなじことで、愛子も悩んでいるのか。

そんな疑念も話すつもりはない。

「ところで……」

白岩はビールを呑んでから言葉をたした。

「バッタ屋のおっさんはどうなった」

「ことわった」

金子がきっぱりと言った。

「不安が消えんときは勝負せん。それが俺の信条や」

「どこぞの博奕打ちの受け売りやろ」

「まあ、そうやが、なかなかの格言やと思うてる」

「それで、おっさんは納得したんか」

「それがちょっと妙やねん」

「どう」

「博奕の胴元の話はともかく、東京に事務所を構えたほうがええと、熱心に誘いよる。関西弁の遊び相手がほしいのかと茶化したんやが、えらい真面目な顔で……ほんまもんの男になるには東京で顔を売らなあかんと言いよる」

「これまでもそんな話をしてたんか」

「するか。北新地で一緒に遊んでたときは、博奕と女の二本立てやった」

「東京の話は最近のことか」

「四月のことや。ひさしぶりに大阪へ戻ってきたとき遊んでな。ようはしゃいでた。東京は放射能でオロオロしてると思うてたさかい、不思議な気がしたわ」

「そのあとずっと言われてるんか」

「そんなとこや」

金子が言いながら首をかしげた。

「どうしたんや。南さんのこと気にしてるみたいやけど」

「そんなことはない」

白岩は即座に返した。

金子には青森へ行ったことさえ話していない。

「わいもいろいろ思うところがあってな」

「東京の事務所を動かす気か」

「正直言うて、まようてる。乾分らのしのぎのことも考えてやらんとな。けど、なにをやるにしても面倒は避けて通れん。極道やさかいそれも覚悟の上やが、おやっさんに迷惑をかけるようなことがあってはならん」

「兄貴はそこまで考えてるんか」

金子の声が弱まり、神妙な顔つきになった。

「なんや、おまえ。東京に未練があるんか」

金子が慌てて顔をふった。

「そうやない。南さんにはほんまにことわった。けど、兄貴が本格的に進出するのなら考え直してもええかなと……たったいま、そう思うたんや」

「おまえはおまえや。なんでも好きにしたらええ」

「そうつれないことを言うな」

「わいとおまえは死ぬまで兄弟やが、稼業は別や。お互いに看板背負うとる」

「わかってるがな」

「まあ、よう考えい。わいもひとりで考える」

金子がテーブルにため息をおとして腰をあげた。

外に出た。

斜め向かいに東京駅が見える。

「おやっさんのこと、あんじょう言えよ」

「俺は問い詰められるのが苦手やさかい、はよう帰って来てくれ」

金子が言い残して横断歩道を渡りだした。

その背が頼りなさそうに見えた。


銀座八丁目に昭和中期の雰囲気を残したスナック喫茶がある。

喫茶店というよりは町の洋食屋のようで、品書きは食べ物のほうが圧倒的に多く、夜の銀座で働く者や銀座をよく知る客たちで深夜も賑わっている。

白岩はオムライスが運ばれてくるやスプーンを手にした。

「ワンパターンね」

正面の長尾菊がからかうように言った。

「それに、いつもうれしそう」

「男はいつもガキなんや。ハンバーグとカレーとオムライス、ほかはないねん」

となりの席の中年男がうなずくのを見た。

午前一時を過ぎているのに、カウンター席もボックス席もほぼ埋まっている。

菊の前にはカツサンドと野菜サラダがならんだ。

「半分コしようか」

「いらん」

白岩はデミグラスソースのかかったオムライスを頬張った。

懐かしい味だ。

ガキのころは母の給料日の翌日が楽しみだった。

家は万年貧乏だった。父はどの職に就いても長続きせず、白岩が十歳のときには日雇い労務者になっており、しかも、パチンコと酒好きのせいで家にカネを入れることなど滅多になかった。対照的に、母は働き者だった。朝から昼間は内職に励み、夕餉の支度をおえると、休む間もなく夕方には料理屋に出勤して賄い仕事に精をだした。

父と二人の夕食は味気なかった。たまにひとりで食べるときのほうがおいしかった。

そんな息子を不憫に思ったのか、月に一度の贅沢をしたかったのか、母は給料日の翌日は仕事を休み、白岩を連れて外出した。その帰りに自宅近くの洋食屋へ寄った。

母はいつもメンチカツ定食とオムライス、白岩はハンバーグ定食を注文し、オムライスは半分に分け合った。

白岩はあっという間にオムライスをたいらげ、ビールと煙草でひと息ついた。

菊はのんびり食べている。

「なんでSOSを寄越したんや」

十一時前に菊からメールがきた。

──ＳＯＳ──

それしかなかったが、意味は通じる。

店がひまか、ついた席の客に難儀しているかのどちらかで、白岩が東京に滞在しているときは時々そのメールが届く。

「あの人、白岩さんも顔見知りだったのね」

「趣味が変わったんかな」

「えっ」

「南のおっさん、北新地ではゲテモノ好きで有名やった」

菊が笑った。

眼を細めるとさらにおたふく面になる。古典的な顔立ちだが、ほっとする美形だ。

「おっさんに口説かれてたんか」

菊が顔をふる。

「南さんは、きのう金子さんと来たときから美鈴《みすず》さんにご執心なの。わたしは連れの人が苦手で……流行りのもてる顔かもしれないけど、眼が冷たく感じて、それに自信満々の人って好きになれない」

「贅沢言うたらあかん。もてるだけましや」

「そうかな」

菊が首を傾け、覗き込むような仕草を見せた。

「なんやねん」

「白岩さんも苦手なんじゃないの」

「わかったんか」

「単純だもん」

白岩は聞こえぬふりをした。


クラブ・遊都で、南修一は百年通っているような顔で呑んでいた。

同席していたのはＴＤＲの野田であった。

南は、白岩の顔を見るなり、奇遇やのう、と声を張りあげた。

白岩は離れた席についてから、南の席に足を運んだ。

南は相好を崩して迎えた。

「そうか。東京に縁のない金子がしゃれた店を知ってると感心したのだが、あんたのなじみの店だったか」

「なじみやおまへん。年に二、三回のしけた客ですわ」

「そんなことはないだろう。それにしても貫禄がついたな」

「社長のほうこそ……東京弁がすっかり様になって」

「皮肉を言うな。商いは東京にかぎるけど、ハートは浪花の男や」

「安心しました」

南が思いだしたように野田を見た。

「紹介しておこう。この人は……」

「白岩です」

白岩はみずから名乗り、南の声を切った。

「野田と申します」

野田が名刺を差しだしても、白岩は名刺を交換しなかった。

野田は新幹線の車内と仙台でのことを話すつもりはないように感じた。

白岩もおなじで、金子のことも話題にする気がなかった。

南と二言三言交わして自分の席に戻った。

「あの二人、どんな話をしてたんや」

「初めは南さんと美鈴さんが漫才みたいにやり合ってた。美鈴さんは大阪の出身でノリがいいのよ。きのうは金子さんと三人で、関西弁が飛び交ってたわ」

「野田は」

「あまり口をはさまないで笑ってた。あの人はカッコつけたがるみたいだから、軽いノリが嫌いなのかもね。途中で美鈴さんがほかの席に呼ばれると、野田さんが仙台の話を始めて、座が一気に静かになった」

「被災地の話か」

菊が首を左右にふった。

「それも関連してるけど、仕事の話がほとんど……交通機関が整備されて、復旧・復興にむけた国の補正予算が決まれば、仙台は活気づくだろうとか……気分が悪かった。被災された人たちが途方に暮れているさなかに儲け話をするなんて」

「そんなもんや。震災がおきて何日も経たんうちに、ゼネコンの幹部社員が、これからは俺たちの時代やと、酒場で吠えまくっていたそうな」

「最低」

菊が顔をゆがめ、吐き捨てるように言った。

白岩は反応しなかった。世のなかはそういうものだと、なだめる気にもならない。

感情だけでものを言えば無責任な評論家とおなじ立ち位置になる。

「そのときのおっさんの様子はどうやった」

「おとなしく聴いてた。それからしばらくして白岩さんが来てくれたのよ」

「わいが自分の席に戻ったあとは」

菊が白岩の席に移ってきたのは美鈴が南の席に戻ったあとである。

「野田さんは仙台のセの字も言わなくなった」

「おまえも無視されたか」

「そう」

菊が応え、すぐに眼をまるくした。

「そうか。野田さんと因縁があるのね」

「そんなややこしいもんはない」

言いながらも、ごまかすのは諦めた。

菊は好奇心の旺盛な女である。

一年前もそれに煽《あお》られて面倒事にかかわってしまった。

白岩の酔狂と菊の好奇心が絡み合えば凶となる。

わかっていても無視できない。無視すれば菊の好奇心はさらにふくらむ。

白岩は東北新幹線の車内の出来事だけを話した。

「賢いんだ」

「ん」

「あの人、白岩さんが席に来たとき初対面のようにふるまったでしょう。白岩さんが去ったあとも、そんな話はしなかったし、白岩さんのことを南さんに訊かなかった。初対面で通したほうが無難だと判断したのよ」

「おまえも賢くなったのう」

茶化したつもりだったが、菊は照れるように肩をすぼめた。

「弁護士は諦めて、銀座のプロにならんかい」

「それもいいかな。でも、わたしがお店を持ったら出入り禁止になるわよ」

菊があっけらかんと言い、挑むようなまなざしをよこした。

「いぬぞ」

白岩はビールを呑み干し、立ちあがった。

血が騒ぎかけている。

いつになく菊が艶っぽく見えた。

翌日の昼下がり、白岩は築地川を渡って浜離宮恩賜公園に入った。
塀に沿って歩いた右手にボタン園があった。
──すぐに来てくれるか──
電話での愛子のひと声は硬かった。
心臓がビクッとはねた。花房の容態が急変したのかと思った。
──浜離宮のボタン園におる──
安堵の吐息を洩らす間もなく電話が切れた。
電話を受けたとき、白岩は菊のマンションにいた。
──急用ができた──
身支度を整えながら昼食の用意をしている菊に詫びた。
それから十五分が経っている。
ボタン園はまぶしい緑の屋根におおわれていた。
そこから藤の花が垂れ下がっている。
その下に、華奢な女の後姿を見た。
たちまち、大阪千里山の病院の裏庭の景色がうかんだ。
あのときは麻地のワンピースだった。

きょうの花房愛子は白地の紗に身を包み、こぼれ陽がその身体を貫くように、着物にまぶしい光を走らせていた。

白岩はゆっくりと近づき、傍らに立った。

「おそうなってすみません」

「かまへん」

「ここにはよく来られるのですか」

「たまにな。五月のボタンは見事やった」

「姐さんには百合の花が似合うてるように思います」

「鬼百合か」

愛子が眼元をゆるめ、つられて白岩も口元をほころばせた。

「おまえのマザコンは死ぬまで治らんようやのう」

愛子の男言葉は半可な極道者より様になっている。

「亡くなられたご母堂の話を好子に聞いたことがある。自分の誕生日には百合の花を活けておられたとか……おまえが好子に花屋をやらせたのもわかる気がした」

「わいが汚れてるせいか、美しいもんが好きなんです」

「きれいなおなごのあとにババアで悪かったのう」

「………」

白岩は声をなくした。

「事務所に電話したんや。若い者が外出してますと応えたわ」

「すみません」

白岩は頭を掻いた。

「謝らんでええ。好子もそんなことで拗ねたりはせん」

「はあ」

「それにしても永い春や。いや、枯れ木の雪吊みたいなもんかのう」

「はあ」

愛子はほかに返せない白岩を見て、おもしろそうにほほえんだ。

休憩所に移り、ベンチにならんだ。

愛子は口を結んだまま前方の木立を見つめている。

白岩は声をかけるかどうか迷った。

タクシーのなかで呼ばれた理由をあれこれ考えた。

——心配なのは花房さんの精神面です。つらい治療にも耐え、頑張っておられるのですが、近ごろちょっと元気がなくて……これはほかの患者さんにも言えることで、東北の震災と原発事故が重度の患者さんには応えているようです——

医師の話をずっと気にしている。

愛子にもおなじ話をしたと思う。

愛子はどう受け止めたのだろうか。

それを訊きたいのだが声にする勇気がなかった。

「わての覚悟は高が知れてた」

愛子が独り言のようにつぶやいた。

白岩は、身じろぎしない愛子の横顔を黙って見つめた。

「おまえも医師の話を聞いたそうやな」

「はい」

「良くもならず、悪くもならず……白黒つかんのが歯痒い」

「姐さんは、東京行きを決められたさいに、長い勝負になると……」

「わかってる」

強い口調が返ってきた。

「勝負の決着がつくまで大阪には帰らん。いまもそう思うてる。けど……」

「おやっさんは帰りたがってるのですか」

「さあ」

愛子が首を傾けた。

「我慢してるんやないかと思うと堪らん気持ちになる。わてが我を張って、花房の心を痛めつけてるんやないかと思うときもある」

「そんなことはおまへん」

白岩は声に力をこめた。

愛子が顔をむける。

「おやっさんは言うてはりました。長生きしたところでなにをやるという目的があるわけやないが、愛子と好子の苦労に報いたいと」

愛子が何度も顔をふった。

「わてや好子のためやない。己のために生き抜いてほしいねん」

「おなじことです。生き甲斐をどこに見つけるか……」

「違う」

愛子の細い眼が強さを増した。

「家族のため、仲間のため、人はいろんなことを言うが、己のために生きるのが本筋やとわては思う。愛する家族がおらんようになったら人は死ぬんか。仲間が離れたら生きて行く気力を失《な》くすんか。人は……そんなに弱いんか」

白岩は返答に窮した。

自分は花房夫妻に、友と仲間に、乾分たちに護られ、支えられて生きている。

そう思い続けてきた。

彼らのために生きていると思ったことがあるのか。

白岩は空を見た。

隅田川の夕暮れの風景がうかんだ。

——乗れるかのう——

花房の声がよみがえった。

なんとしても乗ってください。

あのとき、白岩は胸のうちで叫んだ。

「おまえ、医師に精神の話も聞いたか」

「はい。震災と原発事故による精神的なダメージの話ですね」

「あんなもん、わてらに関係ないと鼻で笑ってた。けど、いまは気にしてる。花房はともかく、わてはうなずきかけてる」

「そんな……」

「花房の病気もおなじことで、先の読めん不安はほんまに応える」

「どうされるつもりですか」

「花房とじっくり話そうと思う。これまでも何度かそう思うたけど、花房の本音を知るのが恐ろしゅうて……わてが花房の本音にすがるんやないかと……」

「それでもええやないですか」

愛子の頬がふるえだした。

「いつでも帰ってきてください。そして、東京を往復してください」

愛子が空を仰ぎ、息をついた。

「光義……苦労かけるのう」

白岩は愛子を抱きしめたくなった。


入江好子の泣き顔を初めて見た。

それも肩をしゃくりあげ、声をすすりあげて大粒の涙をこぼしている。

喫茶店の客たちの視線を浴びても、白岩にはどうすることもできなかった。好子はうつむいてあらわれ、席に座ったとたんに泣きだしたのである。

どうしたんや、と声をかければ、さらに大泣きしそうにも思う。

白岩は、好子を見つめているうちに遠い昔の好子の顔を思いうかべた。

人形のような白い顔だった。ところどころに土色が潜んでいた。眼は真っ赤で、色を失くしたくちびるが小刻みにふるえていた。

白岩は、病室でめざめたとき、傷の激痛を忘れてその顔を見つめていた。

大阪ミナミの心斎橋でチンピラ三人に絡まれていた好子を助けようとして深手を負い、通りがかりの花房に担がれて救急車に乗った翌日のことである。

好子はずっと付き添っていたという。それ以降も好子は仕事を休み、面会時間のすべてを病室ですごし、ほとんど会話もなく、白岩の眼ばかり見ていた。

友人の鶴谷から、好子は白岩が緊急手術を受けているときに号泣していた、と聞かされたけれど、白岩は一粒の涙も見ていない。

退院した三日後に好子の部屋に招かれ、食事のあと、好子の悲痛な声を聞いた。

――うちを抱いて。抱いてくれんかったら、死ぬ――

白岩は好子を抱いた。

そのときの好子の悲しいかすれ声が耳に残っている。

泣いていたのかどうかはわからない。白岩は眼を開けるのが恐かった。

さまざまな思いが針のように胸のあちこちに突き刺さっていた。

一度きりの抱擁で、逢うのをやめた。

その理由はいろいろある。だが、どれが的確なのか、いまもわからない。ひとつ確かなのは、疵を舐め合って生きるのは自分にも好子にも不幸だということである。

それから一年あまりがすぎたある夜、好子と再会した。

偶然ではなかった。花房が好子の働く料亭に連れて行き、二人を引き合わせたのだ。そのあと好子は北新地のクラブに移り、しばしば顔を合わせるようになったのだが、男女の仲には戻らなかった。

そののち、好子は不動産業者と結婚し、一児をもうけた。

しかし、好子は幸せになれなかった。その亭主に多額の借金があるとわかったのは長男が生まれたあとのことで、亭主は好子や息子に暴力をふるうようになった。

悩んだ末に、好子は花房を頼り、亭主との縁を切った。

白岩は、その間のことを知らなかった。

半年後に、白岩の強引な勧めと援助で、好子は北新地のはずれで花屋を開店した。

泣きの連続の人生だったはずなのに、好子は白岩に涙を見せなかった。

——極道者やさかい、なにがあっても驚かへんけど……死なんといてね——

――なんでそんなこと言うねん――

――この二、三日、いやな夢、見てるの――

――どんな――

――言わへん。けど……あなたの傷には、わたしの人生が埋まってる――

――そんなことあるかい――

――だから、うちは強い気持ちで生きられる。あなたが死なんかぎりは……――

そんなやりとりがあった数日後に好子は車に撥ねられ重症を負った。

白岩がかかえる面倒事に巻き込まれたのである。

好子の意識が戻ったとき、白岩は泣いた。

それを見て、好子はほほえんでいた。


「ごめんなさい」

蚊の泣くような声がして、白岩は意識をいまに戻した。

「うちはどうしたらいいのか、わからんようになった」

「なにがあったんや」

白岩は顔を近づけて言った。

「おとうさんに、おまえは大阪に帰れと……そんなつもりで言ったんじゃないのに」

「なにを言うたんや」

「けさ、おかあさんに部屋に呼ばれたの。すぐに行くと、おとうさんとおかあさんが向き合って……むずかしい話をしているような雰囲気だった。うちはおかあさんのとなりに座り、しばらくお二人の話を聞いていたの。おかあさんは思い詰めたような顔をして何度も、本音を言って、とお父さんに迫っていた」

白岩は胸が痛くなった。

――花房の本音を知るのが恐ろしゅうて……――

そう言った愛子の顔が瞼の裏に貼りついている。

「東京に居て治療を続けるか、大阪に帰って東京へ通院するか……そんな話し合いをしていたの。おとうさんはここにおると言い張って……うちにはおとうさんが意固地になっているように思えた。おかあさんも退かずに、わては大阪に帰ろうと言うてるわけやない、あんたがどうしたいのか、本音を知りたいんだって……眼に涙を溜めて……」

好子がハンカチを眼にあてた。

白岩は黙ってあとの言葉を待った。

やがて好子がハンカチをはずした。

白岩の手のひらに隠れそうなくらいちいさな顔が悲しみに染まっている。

「おとうさんは見たこともない恐い顔をしてた。覚悟して来たんやと……おまえも一緒に人生最後の勝負をしようとぬかしたやないかと……わしは負けんとまで言わはった」

「そういうお人や」

「わかってる。もちろん、おかあさんもわかってると思う」

「それで、おまえが口をはさんだんか」

好子が頭をふった。

「おかあさんも次第に感情が昂《たか》ぶって、しょうもない意地は捨てろと……大阪に帰るんは負けたからやない。長い勝負に勝つためやと言ったの。そしたら、おとうさんが鬼の顔になって、おかあさんに茶碗を投げつけた」

好子が声を切り、息を整えた。胸が烈しく動いている。

「うちはびっくりした。おとうさんがそんなことをするなんて想像もしてなかったし、ビクともしないで茶碗を顔で受けたおかあさんにはもっとびっくりした」

白岩は空唾をのんだ。いつの間にか口中はひからびていた。

「その直後だった。おかあさんが背筋を伸ばして、わては帰ると……」

「おやっさんは」

「好きにさらせと言わはって、立ちあがろうとしたの。でも、よろけて……うちはおとうさんを支えて座らせた。そのあとで言ったの。一緒に帰りましょうって」

「で、帰れと言われたんか」

「そう。うちはなんも言い返せんかった」

「それでええ」

白岩はやさしく言った。

「お二人は喧嘩してるわけやない。お互いの胸のうちで葛藤してるんや」

「それならなおさら不憫よ」

「気持ちはわかる。けど、もうなにも言うな。そのうち、ちょっとしたきっかけで、それも一瞬で決着がつく。わいはそう思う。そういう仲やねん」

「そうなってくれたらええんやけど……」

好子が語尾を沈めた。

白岩は、両腕を伸ばし、手のひらで好子の顔をはさんだ。

「俺とおまえの腐れ縁も相当なもんやけど、お二人の絆は絶対に切れん」

好子が頼りなさそうに笑った。

「うちらの腐れ縁より強いのね」

「そうや」

「すこし安心したわ」

白岩が手を放すと、好子が両手で白岩の右手を包んだ。

そして、なにか言いかけたけれど、声にならなかった。


優信調査事務所の木村所長はにこりともせず白岩を迎えた。

会うたびに柔和な表情が消え、隙がなくなっている。

前回の動く前線基地から一転して内幸町《うちさいわいちょう》のホテルのラウンジを待ち合わせの場所に指定したのにも彼の思惑が感じられる。

夜の十時という時刻もめずらしい。しかも、緊急の呼び出しであった。

白岩はスコッチのオンザロックを注文したあと、声をかけた。

「なんぞあったんか」

「気になる展開になってきました」

木村が冷静な口調で言い、周囲に視線を走らせた。

壁際の席にいる。テーブル席はゆったりと配され、近くの席に客はいない。

「一時間前までこのホテルの地下の日本料理屋で、衆議院議員の大田和仁とナンボ屋の南社長が会食していました」

「なんと」

白岩は驚くというよりもあきれた。

またかという煩わしさもめばえた。

自分がかかわりを持つと、点と点がつながり、それも複雑に絡み合う。

しかし、そういうことになるかもしれないという予感はあった。

事の発端は成田の依頼を請けて仙台を訪ねたことである。柿沢トミに会い、訪問販売の中村と出会《でくわ》した。その夜に訪ねた鳥将ではＴＤＲの野田と再会し、野田には中村と北勇会の石川がくっついていた。

木村の調査で野田がナンボ屋の南と親密な関係にあるのを知り、そのうえ、兄弟分の金子から南の話を聞くに及んで予感は濃さを増したのだった。

白岩はふうっと息をぬき、椅子に背を預けた。

「まずは大田の話を聴かせてもらおうか」

「新政党の議員で、ことし五十六歳になります。四期連続当選の割にこれまでめぼしい役職に就いていなかったのですが、被災地宮城の選出ということもあってか、政府内に設置された東日本復旧推進会議の理事に就き、近々に新設される予定の復興庁の副大臣に登用されるともささやかれています」

「大田は県会議員の柿沢の秘書を務めたあと、いきなり国政選挙に打って出たんか」

「はい。地元後援会の関係者によると、柿沢議員のアドバイスによるものとか」

「柿沢本人は国政進出に興味がなかったんか」

「狭心症の持病に加え、六十歳で県会議員になったころには高血圧と糖尿病も患い、体調面に不安があったようです」

「柿沢家と青葉建設の関係はどうなってる」

「あそこはいまも同族会社です。トミさんの夫で社長の柿沢友明《ともあき》さんが九年前に病死し、その翌年に柿沢富蔵さんが亡くなられたあとは、富蔵さんの実弟が会長に、彼の長男が社長になりました。現在、七名の取締役のうち四名が柿沢一族で占められており、柿沢トミさんも顧問に名を連ねています」

「大田は青葉建設にかかわってないんか」

「それなのですが、結婚が決まったときに青葉建設に入るという話がでたそうですが、親族の反対もあって、政治家になる道を選んだとか」

「つまり、青葉建設の同族と大田の関係はしっくりいってないんやな」

「そのへんが微妙でして……親族の一部には大田に近寄ってる者もいるようです」

「国会議員の力を利用しようとの腹積もりやな」

「そんなところでしょうね」

木村が苦笑を洩らした。

白岩はグラスを傾けてから口をひらいた。

「話を戻すが、ナンボ屋の東北進出のうわさは本物というわけか」

「確証を得るには至っていませんが、会食には国交省の審議官が同席していました」

「あのおっさん、どさくさにまぎれて国の補助を受ける気か」

「さあ」

木村が笑いかけ、すぐ真顔に戻した。

「どこでなにをやるつもりなのかわかりませんが、被災地での事業参入にはさまざまな規制がかかるといわれています。復興事業計画ではあらたな街づくりと地場産業の復活を最優先事項に掲げているので、そのへんの意見交換をしていたのではないでしょうか」

「青葉建設も絡んできそうやな」

「調査します」

「せんでええ」

白岩はそっけなく返した。

「おまえ、わいの小遣いをむしりとりたいんか」

「望んではいませんが、なんとなくそうなりそうな……」

「ならん」

白岩はあとの言葉をさえぎった。

「面倒事はいらん。これでも、わいは忙しい」

「ご報告するのがつらくなってきました」

「ん」

「鳥将の主人、脇本さんですが、北勇会とつながっています」

「どういうことや」

「解散した伊達一家の十数名が北勇会に入るさい、橋渡し役を頼まれたようです」

白岩はうなずいた。

よくある話である。組織の解散でいったんは足を洗ったものの堅気になりきれず、食い扶持にも困ってよその組織の盃を受ける者は多い。成田は組織の資産ばかりか、個人の財産も投げだして乾分らの更生資金として分配したと聞いているが、そんなことで社会復帰できるほどあまくはない。要はカネではない。身と心の構え方が肝心なのだ。まして本人の意志とは関係なく組織を離れた者の行く末は相場が決まっている。世俗とかけ離れた淀《よど》みであろうと泥沼であろうと、住み慣れた場所に戻りたがるものなのだ。

「脇本も北勇会にかかわってるんか」

「いえ。脇本さんは北勇会の客になっていました」

「はあ」

「博奕です。北勇会に入った連中のほとんどは賭博を資金源にしていまして、彼らとつき合っているうちに博奕に手をだしたという話です」

「あほな男や」

白岩は吐き捨てるように言った。

かつて脇本は伊達一家の賭場を仕切り、個人でも競馬や競輪のノミ屋の胴元だった。賭博をしのぎにする胴元は博奕を打たない者がほとんどである。博奕の恐さを知り、博奕好きな者たちが堕ちて行く様をつぶさに見ているからだ。

無類の博奕好きだった金子も胴元になってからは博奕をやらなくなった。

「野球賭博で二、三千万円損をしたという情報があります」

「東北の人も……」

白岩は言いかけて、やめた。

仙台にはプロ球団の本拠地がある。昔から球団のある地域では野球賭博が盛んだった。時代が変わっても博奕好きの本性は変わらないということだろう。

「鳥将は繁盛しているそうなので、どれほどのダメージがあるのかわかりませんが、北勇会幹部の石川やかっての仲間らが店に出入りしていることから察して、追い詰められているわけではないと思われます」

「あまいわ」

「えっ」

「賭博をしのぎにしてる連中は回収可能なギリギリまで客を大事にする。見切り時が来れば一気に手のひらを返して、資産の一切合財を奪いとる」

「店を……早急に調査します」

木村が慌てた口調で言った。

白岩は腕を組んだ。

話しているうちにうかんだことがある。

成田はそのことを知っているのだろうか。

知っているから花房への見舞いの帰り道に鳥将へ足を運んだのか。

それならどうして脇本に会わなかったのか。

そんな疑念がめばえて、ふと思った。

極道社会と縁を切ったはずの成田がどうして花房の病気を知ったのか。それも、花房が国立がん研究センター中央病院に転院して一年後のことである。

他人にかかわっている場合か。

身体のどこかで声がした。

わかっとる。

胸のうちで言い返した。

「最後になりましたが……」

声がして、中空をさまよっていた視線を戻した。

木村がバッグから封筒をとりだした。

「青森市内の総合病院で入手した診断書です」

「成田綾さんのか」

「はい。ことしの二月三日に検診を受けられ、二週間後に一泊二日の検査入院をされていました。診断書はそのときのものです」

白岩は中身を確認せずにポケットに仕舞った。

木村は診断書の内容どころか、病名も言わない。

その意味するところは察しがつく。

電話での柿沢トミの声が鼓膜によみがえった。

――十年も音信不通だったのに、突然あなたに無理なお願いをして……――

――急なことで心が対応できなくて、とまどっているのです。十二も歳の離れた妹なので不憫に思い、それでも妹はいなかったものと諦めていたのに……あなたがおっしゃったとおり、わたしとおなじ血が流れているのですね――

愛子の声がかさなった。

――家族のため、仲間のため、人はいろんなことを言うが、己のために生きるのが本筋やとわては思う。愛する家族がおらんようになったら人は死ぬんか。仲間が離れたら生きて行く気力を失くすんか。人は……そんなに弱いんか――

白岩はとりとめのない思慮の沼にはまりそうになり、咽をさらしてグラスを空けた。

すかさず木村が話しかける。

「この先、どうされるのですか」

「どうもせん。おなじことを言わせるな。わいは忙しい」

「調査は終了ですか」

「続けえ」

乱暴に言った。

木村の頬がふくらんだ。笑いを堪えているように見えた。

「こんなご時世や。おまえもあほな客がおらんとこまるやろ」

「ありがとうございます」

「ただし、調査は限定する。南と野田に絞れ」

「わかりました」

木村が素直に応じた。

南と野田の身辺を調査すれば大田も青葉建設も北勇会も絡んでくる。

そんなことは百も承知のうえの依頼で、木村もわかっているのだ。

第三章　浪花の狸

　柿沢家の庭は華やいでいた。

　盛土の周囲には色とりどりの花が咲き、藤の花がそれを眺めるように垂れている。

「あなたが夏を連れて来てくれたみたい」

　トミが縁側にお茶を置いた。

「あれからずっと晴れた日が続いているの」

　半袖の芥子《からし》色のワンピースを着たトミがクスッと笑った。

「派手な色がお似合いね」

　白岩は、トミの視線につられて視線をおとした。

　赤と白のストライプのシャツにオフホワイトのコットンスーツという身なりである。

　これでも一応の礼儀をとおしたつもりである。普段はカジュアルな格好をしている。赤と白が基調の色で、黄やオレンジの暖色を好んで着る。色はともかくとして、稼業を背負っていないときにスーツを着るのはめずらしい。

だが、そんなことを口にするつもりはない。

「突然にお邪魔して申し訳ない」

「いえ。わたしのほうこそ、電話でよけいなことを言って、ごめんなさい」

「そんなことはおません。他人様の内輪事にかかわるようなガラやないけど……ついでと言うては失礼やが、こっちに急用ができたんです」

けさ、起きてすぐトミに電話をかけたのだった。

昨夜は寝つかれなかった。

花房のことを思案しているうちに、過去のあれこれを思いだし、花房や愛子の様々な表情が映像になって感情をゆるがせた。

――おとうさんが鬼の顔になって、おかあさんに茶碗を投げつけた――

好子は二人の仲を心配しているけれど、白岩は案じていない。

喧嘩ではなく、意地の張り合いをしているのだ。花房も愛子も、互いの胸のうちがガラス張りのようにわかる。愛子は花房の思いを代弁して、大阪へ帰ろうと誘った。花房は愛子のやさしさをまともに受けて、己の弱さが許せなかった。

そういうことだろうと思う。

推測がはずれているとしても、自分が二人のあいだに入ることではない。

二人が決断し、自分はそれに従って行動するだけのことである。

他人にかかわっている場合か。

そう叱る別の自分がいるけれど、成田夫妻も柿沢トミも無視できなかった。

なりゆきとはいえ、自分は頼られた。

その事実は重い。

自分にやれることがあるのならやるのが筋目だろう。

しかし、自分にどれほどの時間の猶予があるのか予測がつかない状況にある。花房夫妻の決断次第で慌しくなるかもしれない。

夢のなかでも思案していたのか、めざめたときは仙台へ行くと決めていた。

白岩は、トミの双眸を見据えた。

「なにか訊ねたいことがあるのですか」

トミが見つめ返し、ちいさくうなずいたあと腰をあげた。

白岩が庭を眺める間もなくトミが戻り、持ってきた木箱を開けた。

株券だった。かなりの枚数がある。

「青葉建設の株券です。十年前、綾が仙台を離れると知ったときに手渡しました。あの子はいらないとつっぱねたのですが、むりやり押しつけて……でも、この株券はその以前からあの子の名義になっていたのです」

「父上がそうしていた」

「はい。青葉建設は祖父が創業して以来、いまも同族会社です。長男の父が跡を継ぎ、会社を発展させたあとも、身内の持ち株比率は昔とほとんど変わりませんでした」

「これでどれくらいになるのですか」

「発行株の五パーセントです」

「かなりの数字ですね」

「父は生存中に母とわたしと妹にそれぞれ五パーセントずつ分配していました」

「それをそっくりそのまま返してきた。わいはとんでもないお手伝いを……」

「そんなことはありません」

トミが慌てふためいたように言った。

「これだけではないのです。わたしが自分の株券の一部を売ってこしらえたおカネも、通帳を汚さないまま返ってきました」

「なおさら……」

白岩は顔をゆがめた。

トミが幾度も顔を左右にふった。

「あの子の強い意志です。あなたにことわられても、いずれ届いたと思います」

「綾さんは、株券が紙屑になったことを知っているのでしょうか」

　白岩は、思いついたことを口にした。

　二〇〇四年六月に『社債・株式等の振替に関する法律』、いわゆる振替法が施行され、二〇〇九年六月を期限に株券が電子化することになった。

　施行時は株券を資産として保有するタンス株の処理が問題となり、関係組織がマスコミを通じて株券の保有者に喚起したのだが、なかなか浸透しなかったと記憶している。

　もっとも、施行者側はそういう事態も想定内で、株券を発行する上場企業は株主の利益を保全するという名目で信託銀行に特別口座を用意したから、自分の名義にしている保有者はペーパーレス化による損害を被らなかった。

「知っています。だから、判子も添えられていました。じつは、振替法が施行された年に……父が亡くなった翌年のことですが、心配になって、青葉建設の顧問弁護士に依頼したのです。綾の所在をつきとめて、株券の処理の手伝いをするようにと」

「そのとき、あなたは会わなかったのですか」

「ええ。弁護士からは話をしてきたと報告を受けたのですが、わたしは、どこに住んでいるか、どんな様子だったのか、なにも訊きませんでした」

「どうして」

「知れば気になります。飛んで行って、抱きしめたくもなります」

「そうすればよかったのに」

トミがうなだれた。

「そうはできなかった」

「……」

「反対する者がおった……そういうことですか」

「お答えできません」

トミの声は弱々しかった。

白岩は膝を詰めた。

「いまも会えんのですか」

「それは……」

トミが顔をあげた。なにかを訴えるようなまなざしになっている。

「おしえてください。綾の様子を……お願いです」

トミが腰を折った。床に両手をあて、拝むような姿勢になった。

白岩は腕を伸ばし、トミの両肩を持ちあげた。

トミの細い眼が光っている。

「あの子は、父とおなじで、若いころから狭心症を患っていました。それもかなり重度で……成田さんに知り合うまで結婚する意志がなかったのもそのせいでしょう。生きているうちに人のためになることをしたいと……それがあの子の口癖で、大学に入ってボランティア活動を始め、教師になったあとも続けていました。それなのに……」

トミの涙が声を切った。

静かな庭にすすり泣く声が流れた。

白岩はなにも言えなかった。

綾の心中がわかるはずもない。どうして成田が組織を解散して堅気になり、綾と結婚したのか、本人にはもちろん、花房にもおしえられていなかった。

成田に聴いていたとしても、いまここでトミに話す言葉は見つからないだろう。

「ごめんなさい」

かすれた声がした。

白岩はためらいを捨て訊いた。

「添書きはなかったのですか」

「ありました」

トミが株券の下の封書をとりだした。

「成田さんからです。読んでください」

白岩は便箋を手にした。

毛筆で綴られていた。


冠省賜ります。

過日のご無礼をお詫び申し上げます。

またこうして一方的な行為に及びますことを、ひらにご容赦ください。

わたくしどもに残された時間はあまりありません。

身体が元気なうちに貴方様に会いに行くよう説得しているのですが、綾は頑なに拒み続けております。

後生のお願いです。

どうか、綾に会ってください。

成田将志

口下手の成田らしい、成田夫妻とトミにしか理解できない文面である。

成田の心境は行間から察するしかない。

察したところで、それを口にするのは憚《はばか》られる。

成田がこの手紙を認めたことを綾は知らない。

それだけは確信できた。

白岩は便箋を封書に納め、胸のポケットから三つ折の封筒をとりだした。

「これは青森の病院の診断書です」

トミが封筒を手にした。

「これも託されていたのですか」

「いえ。いらぬ世話と承知のうえで、伝《つて》を遣って手に入れました。きのうのことです。もちろん、成田さんの了解は得ていません。ついでに、わいは見ていません」

「わかりました。そういうことであれば、のちほど拝見します」

「どうされるおつもりですか」

「まだまよっています」

「どうして」

「綾に会えば……綾の寿命が残りわずかなのであれば、そばにいたくなります」

「そうすればいい」

「いまはだめなのです」

「義理の息子さんの立場を気にしておられる」

「というより、娘と孫の幸せを邪魔したくないのです。勝手ですよね。こんなことになるのなら、成田さんが訪ねてこられたときに会えばよかった。あのときなら……」

トミの声に無念がにじんだ。

白岩は我慢できなくなった。

「大田議員は復興副大臣になられるそうですね」

「えっ」

トミがそっくり返った。

「いらぬ世話のついでに情報をあつめました」

「どうして……成田さんとはそこまでなさる仲なのですか」

「あの方とのご縁は先日お話ししたことがすべてです。しかし、成田さんに頭をさげられた。それに、ちいさな縁が生まれ、あなたに会った」

「ちいさな……まさか、孫の沙織との縁ではないでしょうね」

「あの子は、この傷にやさしくさわってくれた」

白岩は右頬を指さした。

トミの表情がやわらいだ。

「変な人ですね」

「よく言われます」

「わかりました。あなたのご厚意に報いるためにも綾に会えるよう計らってみます」

「そうしてください」

白岩は立ちあがった。

これ以上の長居は止め処《ど》がなくなる。

いらぬ世話を焼きすぎたという思いがある。

話を続ければトミの決意がぐらつく恐れもある。

「美しい花ですね」

白岩は白と紫の藤の花を見て言った。

「ほんとうに……被災地にも季節が廻ってくるのを実感しています」

「………」

白岩はくちびるに力をこめた。

綾さんにも見せてあげてください。

もうすこしで声になるところだった。

鳥将は賑わっていた。

午後八時前の書き入れ時ということもあるのだろう。空席はほとんどなく、カウンター席からも小上がり席からもあかるい声が聞こえる。

板場の脇本吉雄と眼が合った。

白岩はカウンターの空席にむかった。

腰をかける前に、すっ飛んできた脇本に腕をとられた。

白岩は黙って外に出た。

脇本の顔はひきつっている。

「勘弁してください」

声はかすれていた。

「なにをや」

白岩は乱暴に言った。もう配慮する気はなくなっている。

「お客さんに迷惑が……いえ、白岩さんが極道者ということではないんだ。うちには北勇会の連中も来る。あんたを見つければまた悶着がおきる」

「きょうも来てるんか」

「石川さんじゃないが、奥の座敷にいる」

「上客というわけか」

「あんたに関係ないだろう」

　声がとがっても迫力はなかった。

「足を洗って、昔の稼業とは縁を切ったのかと思うてた」

「地元で商売してるんだ。完全に切れるわけがない」

「それだけかい」

「えっ」

「鳥将の看板を泣かせるな」

　脇本が口元をゆがめた。

　白岩は間を空けなかった。

「ひと月ほど前に、成田さんがここへ来たのを知ってるか」

　脇本が眼を見開いた。

「縄暖簾は潜らんかったそうな。その理由がわかった気がする」

「………」

「店仕舞いのころにでなおすわ」

白岩はきびすを返そうとした。

「待ってくれ。もうあんたとはかかわり合いたくない」

「わいはひまつぶしに来たわけやない」

眼と声に凄みを利かせた。

脇本の身体が固まった。


夜の国分町に人の往来はあるけれど、どことなく元気のなさを感じる。

白岩は、銀座や北新地の風景とかさねながら歩いた。

めあての袖看板を見つけ、雑居ビルのエレベータに乗った。

倶楽部・杜《もり》は三階にあった。

通路の右側にひろいフロアがあり、客席は八割ほど埋まっていた。スーツにネクタイ姿の客がほとんどで、どの席にも二、三人のホステスがいる。

白岩はざっと眺め回し、壁で仕切られたカウンターを選んだ。

西欧風のカウンター席に客はいなかった。

奥の端に座る。

白髪のバーテンダーが前に立ち、おしぼりを差しだした。

「いらっしゃいませ」

「繁盛しとるのう」

「おかげさまで。お客さまは関西のお方ですか」

「そうよ」

「ご新規さまで」

「とりあえずの客や。新規の客になるかは、おなご次第やな」

バーテンダーが眼の端に小皺を刻んだ。

「スコッチをロックでくれ」

「かしこまりました」

客の値踏みがおわったのだろう。初老の男が去り、女のバーテンダーに替わった。

二十半ばか。小粒の顔は賢そうで、気の強さも覗かせている。

「場所を間違《まちご》うてへんか」

「えっ」

おどろいても笑みは消えなかった。

「むこうに行けば……」

白岩は左手の親指で後方をさした。

「ナンバーワンやで」

女が照れるように首を傾けた。肩のむこうで束ねた髪が揺れる。

「わたしはポニーテールが好きなんです」

「ほう。おしゃれな台詞やのう」

女が応える前に、傍らで声がした。

「きれいな子でしょう」

白岩が視線をふった先に和装の女が立っていた。こちらは四十手前か。

「おまえの花もきれいやで」

「あら」

和装の女が声をはずませ、一歩近づいた。

蓬《よもぎ》色の紗の左胸に白い花が刺繍《ししゅう》されている。

「ええ趣味しとる」

「ありがとうございます。おとなりによろしいですか」

椅子に浅く腰をかけ、女が言葉をたした。

「近ごろは着物を見ていただく方がすくなくて」

「わいもおなじや。おまえが別嬪《べっぴん》やなければ、花もかすんでる」

女がうつむいて笑った。

白岩は二人の女に酒を勧め、左腕で頬杖をついた。

女の名刺には、松木《まつき》しのぶ、とある。

「しのぶちゃん」

「はい」

反応がいい。

「地元の産か」

しのぶが楽しそうに顔をふる。

白いうなじがまぶしい。よく手入れされていて、産毛の一本も見えない。

「お客さんとおなじです」

「京都か」

「ご冗談を……うちは十三《じゅうそう》やねん」

しのぶが関西弁で言った。

十三は大阪梅田の北西に位置し、古くから庶民の歓楽街として知られている。

「ストリップ小屋で産《ト》れたんか」

今度は声にして笑った。

「お名前をおしえて」

「白岩や。わいは此花《このはな》の貧乏長屋で産まれた」

「仲間やね」

「おう。仙台で十三のおなごに会えるとはうれしいことや」

「いろいろあったのよ」

しのぶが標準語に戻した。

「東京の大学へ行って、ある事情で銀座に勤めるようになって、五年前に仙台へ」

「男の旅は人生の旅か」

「そんなところね」

ポニーテールの女が口をはさんだ。

「チーママはミス国分町になったんです。それも、ここで働いて一年目に」

国分町は東北随一の夜の繁華街である。

「おまえもしのぶもミス北新地になれるわ」

ほころびかけたポニーテールの女の表情が硬くなった。

白岩は、眼の端で、近づいてくる男をとらえた。

黒のスーツを着た男がそばに来て腰を折った。

「失礼ですが、一成会の……」

「待たんかい」

白岩は低い声でさえぎった。

「無粋なまね、さらすな。わいは遊びに来とる」

「申し訳ありません。となりの部屋までご足労を願えませんか」

「誰がおるんや」

「うちの会長がぜひにお会いしたいと申しております」

「案内せえ」

白岩はしのぶの手に触れてから腰をあげた。

想定内の展開である。

倶楽部・杜は北勇会会長の斉藤勇の愛人が経営している。店には北勇会の者ばかりかよその暴力団の連中も出入りさせないという。

優信調査事務所の木村からそういう情報を得ての行動であった。

とはいえ、いきなり斉藤が乾分を引き連れて登場したり、幹部の石川幸夫があらわれたりしたときは別の対応をとるつもりでいた。

通路の反対側に十坪ほどの別室があった。

手前の左側に扉があるので、客の眼を避け、そちらから入ってきたのか。

奥と右側の壁に沿ってベンチシートがひろがっている。

内装も調度品も凝っているので普段はロイヤルルームとして使っているのだろう。

客はひとりで、二人のホステスがついていた。

コーナーに座る斉藤がゆっくりと立ちあがった。

恰幅のいい身体をダブルのスーツに包んでいる。

斉藤は六十七歳とは思えない艶《つや》のある顔に余裕の笑みをうかべた。

「白岩さんにお会いできるとは……お見えになっておられると聞いておどろきました」

「行きずりですわ」

白岩はさらりと返した。

コーナー席の端に座る。斉藤と斜に差し向かう形になった。

「先日は、うちの若い者が失礼しました」

「なんの話やろ。旅先でのことはすぐに忘れますのや」

「忘れていただければありがたい」

この男は如才無い。しかも、油断ならない眼つきをしている。

そう感じた。

　斉藤がブランデーグラスを手にしてソファに身体を預ける。

「ところで、二週続けて来られるとは……仙台でトラブルでもおきたのですか」

「そんなもんはおまへん。ちょっとした縁ができましたんや」

「これからはひと声かけてください」

「仙台と長いつき合いにはならんと思います」

「そんなつれないことを」

「関西者と仲ようしてると東京が臍《へそ》を曲げよる」

「そんなことはないでしょう。白岩さんは東京に事務所を構えておられるようだが、東京の組織ともめたことはないと聞いております」

「そこまで調べたんですか」

　斉藤の双眸が光った。

「東京のことはよく耳にします」

「関西とは縁がおませんのか」

「白岩さんが縁を紡いでください」

「そのうち関西者が顔を見せるようになりますわ。これから十年二十年、仙台は復興の拠点になる。関西人はぬかりないさかい、極道者も商売人も押しかけてきよる」

「それならなおのこと……」

斉藤がグラスを置き、前かがみになった。

「白岩さんとお近づきになりたい」

「考えときますわ。ほな、これで」

「もう……まだご用がおありですか」

「おなごが気になって」

斉藤が眼をしばたたかせた。

俺より女か。

そんな表情になりかけたが、すぐに笑顔をつくろった。

白岩は、ついてくる男を制し、ひとりで店を出た。

しのぶが見送ってくれた。

「大丈夫なん」

ほっとする関西弁だった。

「迷惑かけたか」

「どんな話をしたのか訊かれて正直に話したわ」

「誰に」

「あのあと、上の階にある事務所に呼ばれて、石川という男に」

「連中は店に顔をださんと聞いていたが」

「月に一回くらいだけど、ロイヤルルームを使ってる」

とっさにナンボ屋の南修一とTDRの野田武の名前がうかんだ。

しかし、しのぶに迷惑をかけるわけにはいかない。

しのぶの話を鵜呑みにしているわけでもない。

「残念やが、おまえを口説くんは諦めるわ」

しのぶがほほえんで、白岩のポケットに手を入れた。

「待ってるね」

白岩はうなずきもせずその場を離れた。

路地角に二人、面相の悪い野郎どもが立っている。


あとを尾《つ》けられても無視した。

鳥将近くの居酒屋に入った。

奥のめだたぬ席で、鳥将の脇本が手酌酒をやっていた。

約束の午後十一時にはまだ余裕がある。

客の退きが早かったのか。白岩のことが気になったのか。あるいは、白岩と約束したことを後悔しているのか。

脇本は浮かない顔をして背をまるめていた。

「あんた、わいが来たことを話したんか」

「連中はめざとい」

そういうことだろうとは思っていた。

鳥将から尾けられていたのだ。白岩が倶楽部・杜に入るのを見届けて事務所に連絡した。そうとしか考えられない手際のよさである。

「わいのことは気にするな。わいとの話もありのまま伝えてかまへん」

「そうさせてもらうが、これをかぎりに近づかんでください」

「わいもそうしたい。面倒をかかえるひまはないねん」

「それなら……」

白岩は眼であとの言葉をさえぎった。

「訊きたいことがある。あんた、成田さんと連絡をとり合ってるんか」

「あれ以来、一度も」

「ほな、成田さんが鳥将を訪ねようとしたのはなんでや」

脇本がぶるぶると顔をふった。

「わかりません」

「あんたのうわさは耳にしとる。成田さんも心配したんやないのか」

「なんのうわさです」

「とぼけたらあかん」

「どんなうわさか知らんけど、ほっといてください」

「そのつもりや。あんたが簀巻《すま》きにされようが、素っ裸になろうがわいは知らん」

「そんなことになるわけがない」

脇本がむきになった。

「けど、北勇会との縁も切れん。元の身内が北勇会の盃を受けているし、連中がカネをおとしてくれるから商売が成り立ってる」

「好きにせえ。鳥将の看板を泣かさん程度にな」

「わかってる」

「もういっぺん訊く。成田さんとはいっさい連絡をとってないのやな」

「ない」

脇本がいらだっている。

昔の血が騒ぎだしたのか。

それもむりはない。十七年前の脇本は伊達一家の若頭で、白岩は部屋住み修業はおわっていたもののひらの若衆だった。組織の格の違いは歴然としていても、極道社会の慣習からして脇本のほうが風上に立っていたのだ。

しかし、白岩は遠慮しなかった。

「かつての縁で、いまも成田さんとつながってる者はおるか」

「いないと思う。いまは、親分……成田さんのことを口にする者もいなくなった」

「時間をとらせて悪かったな」

白岩は伝票を手にした。

路上に尾行者の影は見えなかった。居酒屋にも入ってこなかった。

脇本と会うのはわかっていたということか。

そのことを斟酌するつもりはない。脇本の人生にかかわる気などさらにない。

成田夫妻も柿沢トミも他人には違いないけれど、自分のなかにはすでにかかわっているという意識がある。トミと綾の関係を思えば無意識のうちに花房夫妻とかさなるし、なによりも、トミの孫娘の沙織との縁が心の片隅にある。いや、頬の傷にある。

人のぬくもりを感じた。

――摩ってあげようか――

沙織は真剣なまなざしで、だがしかし、臆することなく細い指で触れた。

誰もが眼をそむけたくなる、それも極道者の古傷に触れた。

あのとき、沙織のくちびるがかすかに動いた。

痛いの、痛いの、飛んでゆけ。

そう願ってくれたような気がした。


白岩は眼を閉じて鼻をふくらませた。

ゆっくりと神経が撓《たわ》んでゆく。

白百合の香りが部屋に満ちている。

これを見せたくて、入江好子はわがままを言ったのか。

ふとそう思い、白岩は眼を開けた。

質素な部屋である。八畳の居間には長方形の座卓と四つの座椅子、テレビとサイドテーブルしかない。サイドテーブルの上に萩焼のおおきな花瓶が載っている。

――そとに出たくないの。お願い、うちに来て――

東京に着いて電話で食事に誘ったのだが、好子はそう言った。

好子の部屋を訪ねたのは二十八年ぶりである。

大阪で再会をくり返し、好子が花屋を始めたあとは頻繁に会うようになったけれど、好子の部屋には近づかなかった。

——たまには、家に来て。食事しよ——

一年前だったか、誘われたのはその一度きりで、白岩が、気がむいたらな、と返したあとは、東京に移り住んでからも好子がおなじ台詞を口にすることはなかった。

好子には白岩の胸のうちがわかっているのだ。

それなのに、好子は懇願するように言った。

白岩にためらいはめばえなかった。

想像どおり、好子は生気を失くしていた。頬はこけ、眼のくぼみがめだった。三日前も顔に苦悩の色がにじんでいたけれど、それほどまでにひどくはなかった。

好子が盆を運んできて、正面に座る。

淹れ立てのコーヒーの香に口元がゆるんだ。

ひと口飲んで、人差し指を立てた。

花房の自宅はおなじマンションの最上階にある。

「上の様子はどうや」

「おかあさんが部屋に入れてくれないの」

「なんでや」

「おまえは口出しするなと……けど、そんなんと違う。うちはこれまで微妙なことには口をつぐんできた。おとうさんとおかあさんのお世話をしたいだけやねん。それはおかあさんもようわかってる。たぶん、おかあさんは、うちとおとうさんを会わせたくないのやと思う。おとうさんが意地を捨て、弱気になるのを待ってるんやないやろか」

「兵糧攻めか。いや、拷問や」

白岩のもの言いに好子が薄く笑った。

「おかあさんも悩んでるのよ。東京へ行くと決めたときのおかあさん、ものすごい覚悟をしてたと思う。それなのに、おとうさんを大阪へ連れて帰ろうとしてる。おかあさんの心は引き裂けそうなんと違うやろか」

「すべてはおやっさんを思うてのことや」

「わかってるけど……」

好子が肩をおとした。

「うちはつらい。どうすることもできなくて、歯痒い。なんのためにここにおるんやろと、自分が情けなくなる」

「そう自分を責めるもんやない」

白岩はやさしく声をかけた。

「おまえがおるさかい、姐さんも気を強く持ってられるんや」

「ほんまに」

「あたりまえや」

「けどうちは、おかあさんに叱られても、おとうさんを励ましてやりたい」

「おまえは東京に居させたいんか」

「そうやない。おとうさんが素直になれるようにしてあげたいねん」

「つぎの治療はいつや」

「放射線治療が再来週の月曜で、抗がん剤治療はそのつぎの週に」

「あと十日先か」

白岩はため息をこぼしそうになった。

それまでに花房夫妻で解決を見ればいいのだが、お互いが歩み寄らず、そのあいだ好子がのけ者にされていれば、好子の心身が危うくなるかもしれない。

好子はひたむきな女である。愛子の気丈さはなく、頑固でもないけれど、己の心には無垢のように素直で、一途に生きている。

「ねえ。あなたが仲に入って」

「むりや。ここへ来る前に部屋を訪ねたんやが、門前払いを食うた」

「おかあさんに」

「そうや。しばらく面をだすなと……諍いがおきる前の日、姐さんに呼ばれた。浜離宮の公園で苦しい胸のうちを打ち明けられた。姐さんは自分を責めてはった。いまにして思えば、ふんぎりをつけとうてわいに話されたんやと思う。弱気の虫を嚙み殺し、気丈な姐さんに戻ってるのなら、もうわいのでる幕はない」

「ほうっておくの」

「のちに後悔せんためにも二人で解決されるのが一番や」

好子が身の縮まるほどため息をついた。

「そう時間はかからん」

白岩は己を鼓舞するように言った。

「おやっさんも姐さんも前だけを見て生きてきた。きっと、解決するわ」

「そうよね」

好子の眼にすこし力が戻ったように感じた。

「晩ご飯、一緒に食べてくれる」

語尾があかるくはねた。

「おう。けど、まずかったら食わんぞ」

「まかしといて」

好子がパンと座卓に手をつき、弾みをつけるようにして立ちあがった。


おまえも貧乏な家の子やったんやな。

そう話しかけたくなるほど、好子の味付けも濃かった。

豆腐と牛蒡《ごぼう》を添えた赤メバルの煮付けは甘辛く、プリプリとしておいしかった。鶏の唐揚げも醬油と酒と薬味の下拵《したごしら》えが利いていて濃厚な味が舌を喜ばせた。

その食事のさなかに携帯電話が鳴って、一時間後に会う約束をした。

好子は機嫌を損ねなかった。白岩が手料理を食べたことで満足したのだろう。

こんな旨いんなら毎日でも食べたいわ。

白岩はもうちょっとで口にしかけた。

男と女の縁は一瞬で決まる。

春か、冬か。どんなに永い関係でも、一瞬で変化する。

また機を逸したかもしれないけれど、後悔はなかった。どういう関係であれ、好子との縁は続くものと確信している。

――あなたの傷には、わたしの人生が埋まってる――

――うちは強い気持ちで生きられる。あなたが死なんかぎりは――

好子の声は白岩の身体の隅々にまで沁みている。


前回とおなじホテルのラウンジの、おなじテーブルにいる。

白岩は、キャンドルライトを頼りに、大田和仁に関する資料を読んだ。

岩手県出身の大田は東北大学在学中に柿沢事務所でアルバイトをしていた。真面目な仕事ぶりが柿沢議員の眼に留まり、卒業後に私設秘書となった。学生時代の大田の友人らの証言によれば、大田は政治家志向が強かったという。当時の柿沢は民和党宮城県支部の幹事長を務める実力者で、大田は政治家への近道になると考えたという話もある。

秘書として実力を備え始めた三十四歳のとき、祖父の選挙の応援のために柿沢事務所に詰めていたトミの娘の正美《まさみ》と出逢い、たちまち恋におちた。正美は東京の大学生で二十歳になったばかりであった。

その当時、トミの夫、柿沢友明は青葉建設の社長だった。

友明は結婚を認める条件として、青葉建設に入社するよう大田を説得した。

しかし、柿沢議員は婿養子の条件を拒んだ。自分の後継として、大田に選挙地盤を護らせたかったというのが周囲の一致した証言である。

どうしても正美と結婚したかった大田は、表向きは友明に恭順の意思を示しながら、将来については柿沢議員に賭けていた。

かつての友人のひとりは大田の胸のうちをそう推察している。

そこから先は、過日の報告を詳細に補足する文章が続いていた。

白岩は資料を封筒に戻した。

「ナンボ屋の調査は進んでるか」

「はい。詳細をつかむにはもうすこし時間が必要ですが、南と大田の接近は震災発生後のことなのはたしかなようです」

「復興事業に眼をつけた南が大田に擦り寄ったわけか」

「そうともかぎらないと思います」

「逆のパターンか。大田のメリットはなんや。選挙地盤は磐石なんやろ」

「はい。しかし、資金面は決して潤沢とはいえません。永田町界隈《かいわい》では、柿沢が頭角をあらわさなかったのは資金面が乏しいからだともいわれています。うわさどおり復興副大臣に就けば地元企業が全面的にバックアップすることが予測されますが、安定した政治資金を調達するには青葉建設と連携し、会社を発展させるのが得策でしょう」

「たしか、親族の一部が大田に接近してると言うてたな」

「常務です。ウラもとれました」

「それも震災のあとか」

「はい」

白岩は口元をゆがめた。

「南のおっさんは青葉建設の者と会うてるんか」

「そういう情報は入手していません」

「仙台に通ってるという情報もなしか」

「はい」

「野田やな」

白岩は独り言のようにつぶやいた。

きょうの昼に倶楽部・杜のしのぶを誘いだして食事をした。

しのぶは北勇会の石川に詰問されたのがよほど頭にきたのか、白岩の質問にすらすら応えてくれた。斉藤は何度か野田と遊んでいたそうだ。

「調査依頼の変更や。野田を徹底的に監視せえ。南も大田もや」

「精一杯値引きさせてもらいます」

「せんでええ」

白岩は乱暴に返した。

もうあとには退けない。

なんとしてもトミと綾の再会を実現してやる。

それを妨げる者は許さない。

いらぬ世話ではなくなったのだ。

——あなたのご厚意に報いるためにも綾に会えるよう計らってみます——

トミが誰を、どう説得しようと思っているのか考えるまでもない。

それがきわめて困難なこともわかってきた。

それなら、自分がやるしかない。

白岩は、すごむように木村を見つめた。

「大田の疵を洗いだせ。なんとしても……それも早急にや」

「最善を尽くします」

「そんなもんは意味ない。わいが泣いてよろこぶ結果をださんかい」

「必ず」

木村が背筋を伸ばした。

丸の内にあるナンボ屋東京本社の社長室は陽光に満ちていた。道路に面した一面は総ガラス張りで、皇居の杜が臨める。

「大阪本社の社長室とはえらい違いですね」

白岩は白い革のソファに座って声をかけた。

「あたりまえや」

正面の南修一が元気な声で言い、にんまりとした。

「東京は見栄を張ってなんぼや。中身は空っぽでも、見栄えがよけりゃ格好はつく。そりなりに信用される。笑顔と人情で商いできる大阪とは違うのや」

白岩はおおげさに肩をすぼめた。

十五年ほど前になるか。ナンボ屋がまだ東京に進出していなかったころ、兄弟分の金子克に誘われて、心斎橋にあるナンボ屋本社を訪ねた。

そのころはすでに関西一の小売業大手になっていたが、社長室は商品倉庫とおなじフロアにあって、小窓ひとつの、埃《ほこり》が舞っているような雑然とした部屋だった。

その部屋の五倍はある。壁に掛かる絵は高価そうに見える。

小柄な南がおおきく見えるのは部屋の風景のせいだろう。

南が言葉をたした。

「そらそうと、どういう風の吹き回しや。俺が東京に腰を据えて十三年、あんたが東京に支部を構えて四年……声もかけてくれんかったやないか」

きょうの南は関西弁丸出しである。

「遠慮してたんですわ。東京を席巻しようとするお方の周辺をうろついてたら、信用を損ねることになりますやろ」

「そうか。気を利かせてくれてたんか」

南がうれしそうに言った。

しかし、眼は笑っていなかった。

昔からそうだった。酒場では軽妙で耳ざわりのいいもの言いで同席者の笑いを誘っていたが、酒に酔っていようとも、眼は絶えず周囲の者たちを観察していた。

白岩は、賭場の盆上をにらみつける南の眼を忘れてはいない。背筋に悪寒《おかん》が走るほどの鋭いまなざしだった。その眼が見開かれるや、南は札束をつかんでいた。

白岩は笑顔をつくろった。

「近くを通りましたさかい……迷惑でしたか」

「なんの。大歓迎や」

「それにしても、お元気ですな」

「おなごらのおかげや。以前はゼニが元気の素やったけど、いまはおなごや」

「結構なことで」

「あんたもよう遊んでるようやな」

「とんでもない」

白岩は顔の前で手のひらをふった。

「謙遜せんかてよろしい。遊都の菊やったかのう」

南が眼を細めた。

ほとんど隠れた瞳が銃口のように見えた。

「ええおなごや」

「おおきに、と言うときます」

白岩は瞬時に腹を括った。南の眼はあなどれない。それに、TDRの野田を通じて情報をあつめている可能性もある。

南が茶で間を空けてから口をひらいた。

「一緒にいた若者を覚えてるか」

「野田さんでしたな。お幾つですの」

「三十二歳や」

「親しいのですか」

「相談相手というところやな」

「へえー」

白岩はおどろいて見せた。

「歳が倍も離れてるのに、百戦錬磨の社長の相手が務まるとはたいしたもんや」

「あいつが総研におったころ、ある企業の役員に紹介された。鼻っ柱の強い洟《はな》垂れ小僧と思うてたが、なんのなんの……眼から鱗や。乱暴で荒削りなところもあるが、頭はそうとう切れる。発想も豊かや。老いぼれの頭では夢にもでてこん」

「それで、飼い慣らしたわけですか」

「ん」

南が顎をあげた。

「そら、どういう意味やねん」

「なんぼ能力があるとはいえ、社長が若造と五分のつき合いをするとは思えません。青田買いとおんなじで、抱え込んだのと違いますか」

「さすがは白岩光義……大阪大学《ハンダイ》経済学部卒だけのことはある」

南が声を張った。

「TDRて、なんの会社ですの」

「主に流通と小売業界の市場調査とデータ分析やが、会社どうしのつき合いはしてない。俺は、あいつの頭を買うてる」

「すごい惚れ込みようですね」

「まあな。それに、人への投資はリスクがすくない。おなごのほうがゼニはかかる」

「なるほど」

「なんなら紹介したろか」

「いやいや。頭脳を買うほどの余裕はおまへん」

「なにをぬかす。花房組の資金力はずぬけてると聞いてるわ」

「かもしれませんが、わいの力やない。わいは雇われ社長のようなもんです」

実際に白岩は花房組の金庫からカネをもらっている。日本企業の社長の平均給与にも届かない額だ。そこから、遊興費やら部屋住みの乾分らの小遣いやら、同業とのつき合い以外はすべて自前のカネで捻出している。

花房組の二代目になる前は、白岩組組長としてしのぎを持っていた。裏社会では関西きっての経済極道と称されていた時代もあった。

いまでもそうささやかれているけれど、実情はおおきく異なる。

花房組の看板を背負ってからは、しのぎからいっさい手を退いた。親分みずからゼニあつめに励んでいたら、ろくな乾分は育たない。

一成会の若頭補佐としての立場もある。同業との面倒は避けて通らないが、己のしのぎで本家に迷惑をかけるわけにはいかない。

これで極道者といえるのか。

そう自問することもあるが、右から左へと流してしまう。

なにもしないのも上に立つ者の務めと割り切っている。

いつの日か、看板も荷物も、なにもかもかなぐり捨て、勝負にでるときが来る。

その覚悟さえあれば、女と酔狂に明け暮れる日々でも己を見失うことはあるまい。

「男やな」

南が真顔で言った。

「金子が、白岩の兄貴となら心中できる、と言うてたわ」

「その趣味はおまへん」

「けど、あんたの周りにはええ男がぎょうさんおる」

「よう知ってますな」

白岩はすごむように見据えた。

南も眼に力をこめた。

ややあって、乾いた音が響いた。

南が何度も両手を打ち、声を立て笑った。

「いや、愉快や。あんたはええ。気に入った」

「投資してくれますのか」

「なんぼでも……白紙の小切手を渡そうか」

「やめときますわ。浪花の狸は真っ黒やと、うわさに聞いてます」

「腹か。なんなら見せたるで」

南がシャツのボタンに手をかけた。

「勘弁してください。おなごの白い肌がまだ瞼に残ってますのや」

白岩はおどけ口調で返した。

そろそろ潮時である。きょうのところは生臭い話をしないと決めている。

北区曽根崎の露の天神社、通称お初天神の近くに、二代目花房組本部はある。

水を打った玄関の前に立つや、複数の元気な声が飛んできた。

白岩は、若頭の和田信を伴って応接室に入った。

きょうは百合の花に迎えられた。

好子は、週に二回、本部事務所に花を活けに来ていた。好子が東京へ行ったあとも、花屋の店員がかかえきれないほどの花を運んでくる。彼女の指示によるのはあきらかで、白岩の好む花もおしえられているようだ。

白岩はソファに寛ぎ、乾分が運んできたビールを呑んだ。

いつもと変わらない。

「お疲れさまです」

和田のもの言いも表情も変わらない。

いつまで経っても変わらないのが和田の取柄である。

和田は白岩よりも金子よりも早くから花房の乾分であった。職人気質の頑固者で、人づき合いが苦手なせいもあって同業との人脈は細く、乾分にも恵まれなかった。

それでも花房は、裏方の要として和田を重用していた。

白岩は、周囲の反対を押し切って、己の子飼いの不満を説き伏せて、和田を二代目花房組の若頭に指名した。花房への気遣いなどではなく、白岩自身が和田の私利私欲に走らぬ気骨を買っていたのである。

　いまはもう花房組の幹部も白岩組の若衆も和田を慕い、信頼している。

　和田が両膝に手をあてた。

「先代のご様子を聴かせてください」

「変わりない。姐さんも元気にしておられる」

　和田がこまったような顔を見せた。

「どうした」

「お変わりないというのが、なんとも……複雑な気分になります」

「わいもおなじや」

「なんともならんのでしょうか」

「うーん」

　白岩はうなるしかなかった。

「通院するわけにはいかんのでしょうか」

「ん」

「いったん大阪に戻って……すんまへん。よけいなことを言うて」

　和田が深々と頭をさげた。

花房と電話で話をしているのか。

その疑念は一瞬にして消えた。

そんなわけがない。和田は筋目を通す男である。

以心伝心ということか。親子の絆が深いのだろう。

白岩は軽い嫉妬を覚えた。

「身内にそう願《ねご》うてる者は多いんか」

「わかりません。けど、幹部をはじめ、花房組の全員が親分と先代の意志に従い、先代のご回復を願うているはずです」

「つぎの幹部会議はいつや」

「今月の二十八日に予定してます」

花房組は毎月行なう定例会の日時を定めていない。北陸や中四国にもいる十四名の幹部若衆全員の顔を見たいからだ。

定例会への出席は幹部若衆の責務とはいえ、極道社会には欠かせない義理掛けがある。花房組はそういうものを考慮して会議の日時を決めている。

「そのときに、皆の意見を聞いてみるか」

和田がきょとんとし、すぐに顔色を変えた。

「東京でなんぞありましたのか」

白岩は首をふった。

全幅の信頼を寄せる和田といえども話せないことはある。

話せば和田は眠れなくなるという気遣いもめばえた。

「皆が口にもせずに堪えてると思えば胸が痛む」

「それだけですか」

話してくれと和田の眼が訴えている。

白岩は眼で弾き返した。

「先代は……さみしがられているのではありませんか」

和田が遠慮ぎみに言った。

「誰かて、さみしいわい」

語気をとがらせた。

「すんまへん」

「あやまらんでもええ。けど、おやっさんと姐さんの覚悟は尊重せえ。わいが幹部連中に話すとしても、それは皆の心をやわらげるためや。わいや皆の意見でおやっさんの覚悟に影響を及ぼすことがあってはならん」

「わかりました」

白岩はグラスを空け、煙草を喫いつけた。

「電話せえ」

「はい」

和田の表情がやわらいだ。

ちかごろは笑顔も見せるようになった。好子が東京に移り住んだので、和田を食事に連れだすことが多くなったせいもあるのだろう。

とはいえ、和田とでかける先は、本部事務所の近くにある蕎麦屋と、松屋町の鮨屋・たこ竹のふたつである。蕎麦屋は友人の鶴谷康の前妻が亡父の跡を継いで経営している。稼業のトラブルで無関係の義父が殺され、鶴谷は妻と別れて東京へでることを決断した。白岩もそのトラブルに深くかかわっていたこともあり、なにより、いまも鶴谷への情愛を抱き続ける前妻と一人娘の康代《やすよ》が気になって店に顔をだしている。たこ竹は二十年以上前に花房に連れて行かれ、以来、鯖《さば》の棒鮨を食べたくなると足を運んでいる。

「親分」

和田の声が高くなった。受話器をふさがず言い添える。

「ええ鯖がおるそうです」

「ほうか。おまえの日ごろの行ないがええからや」

たこ竹の鯖はいつでも食べられるというわけではない。夏場と冬場はほとんど品書きから消えるし、鯖の旨い時期でも質には差がある。

白岩はひらめいた。

「鯖の棒鮨を二本、東京に送るよう言うてくれ。それと、赤足海老がおったらそれも二本送ってもらえ」

和田がさらに表情をゆるめて電話の相手に話しだした。

鯖の棒鮨が仲直りのきっかけになってくれればありがたい。

大好物のそれを頬張って、花房に里心がめばえても結構なことだ。

愛子は好子にお裾分けするだろうから愛子と好子が話し合うきっかけにもなる。

白岩は都合のいいことばかり思った。


そっと夕暮れが忍び寄っている。

白岩は、グラスを片手に、ベランダのパイプ椅子に腰をおろした。

鯖の棒鮨をたらふく食べて帰宅した。

自宅は堂島川と土佐堀川にはさまれたマンションの十五階にある。

和田を連れて北新地にでかけるには早すぎた。遊ぶ気分にもなれなかった。花房のことも柿沢トミのことも、先が読めなくて落ち着かない。

あすのことを考えるのも億劫で、出た処勝負に構えているつもりでも、身体のどこかに臆病で心配性の虫が棲《す》みついているらしく、なにかの拍子にそれが騒ぎだす。

煙草をくゆらせ、視線を遠くへやった。

くすんだ青の空を眺めているうち、花房の声が聞こえた。

——それがおまえの欠点や。おまえに極道の盃をやるかどうか、わしが悩んだのも、おまえの気質の根っこが心配やったからや——

——ええかげんで極道者になりきらんかい。できなんだら、おまえが引退せえ——

一年前の花房の声である。

東京での酔狂が発端になって一成会の事務局長と面倒になりかけた。花房の弟分にも累が及んだ。白岩が花房と弟分の仲を案じているさなかに、そう言われたのだった。

頭を乱暴にふっても記憶の蓋は閉じなかった。

トミとの会話がうかんだ。

——他人の根がわかりますのか——

——長く生きているとね……でも、わたしの根はわからない——

あのとき、己の心を見透かされたような気分になった。

──あなたはなんとなく……世間様は話すどころか、近づくのさえいやがると思うけど、わたしにはやさしい男に見える──

そう言われたときに花房の言葉とかさなったのを思いだした。

風にむかって紫煙を飛ばした。

携帯電話が鳴った。

白岩は番号を確認して耳にあてた。相手は優信調査事務所の木村所長である。

「なんぞわかったんか」

《はじめに、津軽からの報告をお伝えします。成田さんの周辺を不審な者たちがうろついているとのことです》

「どういうことや。その連中は成田さんに接触したんか」

《いえ。興信所の者だと偽って近所の方々に話を聞いたり、村役場にあらわれたり……成田さんの身辺をさぐっているようです》

「何者や。北勇会の連中か」

《送られてきた顔写真を照合したのですが北勇会の身内とは合致しません》

優信調査事務所は警察関係の情報にはめっぽう強い。

《不審者の身元確認を急いでいます。並行して、背景を調査中です。それと、銀座であなたが南社長と会って以降、野田の動きが活発になりました》
「どう」
《野田が白岩さんに関する情報を拾いあつめているとの情報を得ました》
「野郎はホモか」
笑い声は聞こえなかった。
《野田はきのうも大田議員と会食しました。アポなしだったようです》
「誰か一緒におったか」
《二人きりです。午後六時に前日のホテルで……その二時間前には丸の内のナンボ屋本社を訪ね、南社長と面談しています》
「そっちもアポなしのようやな」
《ご推察のとおりです。あなたがナンボ屋本社を去られて一時間後のことで、その時刻、南社長は業界人との面談の約束がありました》
「それを飛ばして、南が呼びつけたか、野田が急遽の面談を申し入れたか……」
《南のほうが呼んだと思います》
木村が南の肩書をはずした。

熱くなっている。

白岩はそう感じた。しかし、どうということはない。前回で体験済みである。

《野田は青山のスポーツジムで汗を流しているさなかに電話を受け、慌てた様子で身支度を整え、丸の内へむかいました》

白岩は黙って、南とのやりとりを思いうかべた。

——いや、愉快や。あんたはええ。気に入った——

——投資してくれますのか——

——なんぼでも……白紙の小切手を渡そうか——

浪花の狸の本性は死ぬまで変わらない。人もモノもカネで買い付ける。

いまもゼニが元気の素やないか。

胸のうちで吐き捨てた。

《ナンボ屋の社長室でなにかあったのですか》

「あるか。世間話や。おっさんがどう反応するか、たのしみにしてたけどな」

かすかに笑い声が聞こえた。

《もうひとつご報告があります》

「なんや」

《仙台でも気になる動きがありまして……青葉建設の常務と北勇会の斉藤勇はすでにかなり親しいようで、夜の街を仲良く遊び歩いているとの証言を得ました》

白岩はうなずいた。

倶楽部・杜の松木しのぶからもその話は聞いた。

常務だけでなく、ほかの役員や幹部社員も倶楽部・杜で遊んでいるという。

「常務は柿沢一族の端っこなんやな」

《はい。先々代の柿沢富蔵さんの従兄弟の息子です。常務止まりというのが社の内外の一致した意見で、次期社長は現社長の息子が就くか、富蔵さんの妹の長男がつなぎ役で昇格するというのがもっぱらのうわさです》

「柿沢本家と遠縁は社内で対立してるのか」

《表むきは平和です。遠縁の者には実権がありませんからね。ただし、若手幹部社員のあいだには旧態依然の同族支配では会社の発展は望めないという声もあるようです》

「常務は不満分子を抱え込んで謀反《むほん》をたくらんでいるわけか」

《そうだという確実な情報は得ていませんが》

「おかしいやないか。野田が、いや、南が、実権のない、謀反が成功するかどうかもわからん連中に接近するメリットはなんや」

《青葉建設の実績だと思います。ゼネコンの下請企業のようなものですが、東北では老舗の大手です。東北地方の建設・土建業のまとめ役といわれ、談合では仕切り役も務めているともいわれています。先々代社長の富蔵さんが県議会議員だったことで地方自治体とは太いパイプでつながっています》

「すくなくとも宮城県の復興事業では主役を張れるというわけか」

《そうにらんでの接近……懐柔ではないでしょうか》

「……」

白岩は返答せずに小首をかしげた。

企業買収か。

口にしかけて、やめた。

トミの話を信じれば、柿沢一族の持ち株比率は群を抜いている。

白岩は話題を変えた。

「大田はどうや。くすぶっていた未練に火がついたんか。それとも、南か野田におだてられてその気になったのか」

返答がなかった。

「どうした」

《なんとなくしっくりきません》
「復興副大臣のうわさを気にしてるのやな」
《はい。ここ数年は大臣と政務三役の不祥事が相次ぎ、総理官邸は候補者の身辺調査には慎重になって、確証のないうわさでも敏感に反応しているそうです》
「大田はどんな男や」
《職務にはまじめという評価がある一方で、人づき合いが下手で決断力に欠けるという評価もあります。霞が関との関係はまずまずなので、実務派タイプといえるでしょう》
「疵は見つけたか」
《はい》
力強い声が返ってきた。
《ウラをとるのに、いましばらく時間をください》
「ほかになにを調べてる」
《青葉建設の資産と経営状況を……持ち株比率にも関心があります》
「おまえはそっちにもくわしいんか」
《うちには経済や金融のスペシャリストもいます》
「まかせる。わいも持ち株比率に関しては興味がある」

《ありがとうございます。ところで、そちらにはいつまでおられるのですか》

「ずっとや」

言ったあと、おどろいた。

本音なのか、冗談なのか。

自分でもわからなかった。


しばらく会わない間にずいぶん大人っぽくなった。

白岩は、ずっと鶴谷康代の成長を見守ってきた。

鶴谷康は康代が生まれて三か月で離婚したので、彼女は父の顔を知らずに育った。鶴谷は妻への情愛を胸の底に沈め、妻にも康代にも電話番号すらおしえなかった。

康代が中学三年のとき、白岩は彼女に鶴谷のメールアドレスをおしえた。鶴谷が激怒するのを覚悟のうえで、康代の母親にも内緒でそうした。

あれから四年が経ち、康代は京都の女子大の学生になった。康代は父の住む東京の大学に行きたかったのだが、母をひとりにするのが心苦しくて諦めたという。

「どうしたの、おじさん」

そばに立つ康代が怪訝《けげん》そうに顔をかしげた。

そんな仕草にも女らしさを感じる。

金子と蕎麦屋に来たところだ。

午後八時を過ぎて、店内は静かになりつつある。

「彼氏ができたんか」

「あほ」

康代がくちびるをとがらせ、うしろを見た。

母親の耳が気になるらしい。

白岩は顔を近づけ、声をひそめた。

「図星か。わいに紹介せえ」

「あかん。まだ彼氏というわけやないし……」

「片思いとは、意気地なしやのう。よっしゃ、わいが話をつけたる」

「あかんて。おじさんがでしゃばったら誰もうちに寄りつかんようになる」

金子が笑った。

白岩は無視した。笑われようとも康代のことになると真面目になる。

「そんな男どもは相手にするな。わいの眼を見て話せるやつがほんまもんの男や」

「むりやわ」

「康代ちゃんはそうしてるやないか」

「うちはおじさんのやさしさを知ってるもん」

白岩は眉をさげた。

「おじさん、ツルコウはなにしてるの」

「ん」

ツルコウとは鶴谷康のことで、白岩と康代が使う符牒である。

康代が耳元に顔を寄せた。

「メールしても返事がないねん」

「いそがしいんやろ。わいも相手にされてへん」

「ほんまに薄情な男や。うちとおじさんのありがたみがわかってないのよ」

「こんど東京で会うたら、そのまんま伝えたる」

「うん」

康代が母親に呼ばれて去った。

「もうすぐ二十歳か」

金子が感慨深そうに言った。

花房に連れられ、金子も石井も和田も康代が産まれる前から蕎麦屋に通っている。

「ええ子に育って、ほっとしとる」

「ほんまに……あの子を見てると、俺は育ってるのかと首をひねりとうなるわ」

「ほう」

白岩は、金子に徳利を差しだした。

「悩みでもあるんか」

「またまよいだした」

「東京か」

金子がうなずき、盃をあおる。

「南さんが熱心でな。きのうも電話をもろうて、もういっぺん来いと……もう俺のなかではおわってるのに」

「四月に誘われたと言うてたな。そんときは東京に呼ばれんかったんか」

「南さんが大阪に戻って来てたときの話や」

「東京で会うたときはおまえが連絡したんやったな」

「あの何日か前に電話があって……俺が近いうちに東京へ行くと話したら、会いたいと……日にちをおしえてくれたら空けて待ってると言われた」

「ふーん」

金子が疑るような視線をくれた。

「やっぱり、なんぞあるのやな」

「……」

「水臭いわ。隠さんと話してくれ」

白岩はためらいを捨てた。金子は疑念に蓋をできる男ではない。白岩が白を切ればなおのこと、南に詰問するだろう。

「ややこしゅうなりかけとる」

白岩は、事の次第をかいつまんで話した。

金子は両肘をテーブルにあて聞き入っていた。

「そうか。兄貴はそんな面倒をかかえてるんか」

「おまえは知らんふりしとれ」

「けど、南さんは俺と兄貴の仲をよう知ってるさかい、いざとなれば、南さんが俺に頭をさげるかもしれん」

「それはない」

白岩はきっぱり言った。

「おっさんはゼニ勘定が得意なだけやない。人を見る眼もある。おまえが、わいとおっさんのどっちにつくか、しっかり見極めとる」

「俺を利用しようとしてるわけやないのか」

「わいのこともわかってるみたいや」

金子が眼の玉をひんむいた。

「そうか。兄貴をゆさぶる魂胆か。兄貴が俺に気を遣うて……あの、あほんだら」

「怒るな。大事な客やないか。ほっとけ」

「兄貴がそう言うなら無視するが、俺に遠慮せんといてくれ」

「するか。けど、おまえに迷惑はかけん」

「かけてもかまへん」

金子の眼に熱を感じた。

あまり話を長引かせると、金子が東京へ飛んで行くかもしれない。

白岩は箸を手にした。

玉子焼きは冷めていた。

康代がアナゴの天ぷらとザル蕎麦を運んできた。

「なんかあったん」

語尾がはねた。

「ん」

「深刻そうな顔をしてたさかい、いつだそうかまようてたわ」

「悪かったのう。こいつが女にふられて……」

白岩は金子に視線を移した。

「もう忘れえ。食うて、新地に行くぞ。おなごはなんぼでもおるわ」

金子が康代をちらりと見て、アナゴの天ぷらに噛みついた。

おまえも育っとるやないか。

白岩は、胸のうちでほめた。

ひと昔前の金子は熱くなると感情を制御できなかった。初代花房組の四天王のひとりであったが、図抜けたやんちゃ者で、幾度も花房をこまらせていた。

そんな金子が、康代の気配りに応えようとおどけて見せた。

人は、唐突に、それもほんの一瞬だけ本性を垣間見せることがある。

白岩は、身内のそんな仕種を見つけると気持ちが和む。


翌日の午後二時、白岩は乾分が運転する車に乗った。

行く先は伊丹空港。急な旅立ちである。

となりに和田を座らせた。いつもならそんなことはしないのだが、打ちひしがれたような様子の和田の顔を見てかわいそうになった。

三時の来客の予定をキャンセルした。

和田の声掛けでの、大阪在住の幹部若衆との食事会も中止にした。

「そうへこむな。両方とも埋め合わせはする」

「そんなことやおまへん」

「はあ」

「先代のことが心配で……」

「勘違いすな」

「えっ」

「わいはこれから青森へ飛ぶのや」

和田が眼も口もまるくした。

「言わんかったかのう」

「はい。いま初めて聞きました」

「悪かった」

白岩は素直に詫びた。

気が急《せ》いたのだろう。
仙台の柿沢トミが電話をよこしたのは事務所で昼食中のことであった。
《勝手なお願いがあります》
トミの声音は硬かった。思い詰めているように感じられた。
「なんでも言うてください」
《綾に会わせていただけませんか》
「わかりました。ご都合のいい日時をおしえてください。わいが迎えに行きます」
《それが……青森へ行けそうになくて……》
「ご身内に遠慮されてるのですか」
《説得したのですが、娘に強く反対されて……それでも綾に会いたい……》
トミの声が沈み、代わりに、乱れた息が届いた。
「心配なさらないでください。なんとかします」
《綾は会ってくれるでしょうか》
「説得しますが、その必要もないでしょう。綾さんの気持ちもおなじだと思います」
《そうだとうれしいのですが》

「会う場所は仙台でかまいませんか」

《はい。なんとかします》

白岩は、おやと思った。

トミは自由を束縛されているのか。誰かに見張られているのか。

その疑念を口にしようとする前にトミの声がした。

《きのう、娘夫婦が帰って来たのです。副大臣になるといううわさはほんとうのようで、新聞記者の方々が一緒に仙台入りされました》

「いつまでおられるのですか」

《大田はあさってまで滞在して、被災地の視察や地元企業の方々と会談を行なうとか。娘はもうしばらく……こちらで朗報を待って、後援会関係者や地元の人たちに挨拶をするつもりなのでしょう》

政治家が得意とするパフォーマンスか。復興副大臣への就任を間近にして、地元の被災地を訪ねて己の存在感を示そうとの戦略なのだろう。

そうなると、会う時間も場所もかぎられてくる。

「あすとあさっての、議員のスケジュールはわかりますか」

《いますぐは……娘が戻ってきたら訊いてみます》

「ご都合のいい時間に連絡ください」

白岩は、一刻でも早いほうがいいと考えた。

娘が東京へ戻るのを待っていれば、状況が厳しくなる恐れがある。永田町は与党も野党も相手の疵を見つけだし、足を引っ張り合っている。いまの段階では与党の事務方か内閣情報調査室や公安の連中が候補者の身辺調査を行なっているはずで、人事が決定したあとでは野党やマスコミが粗探しに励むだろう。

それに、時間をかければトミの心も揺れると思う。トミは娘夫婦を窮地に陥れかねないことをやろうとしているのだ。妹の夫の経歴だけではなく、それを端緒に青葉建設にまつわるあれこれが暴露される可能性もある。

《あなたにはご迷惑ばかりかけて、ごめんなさい》

「とんでもない」

《くれぐれもむりはなさらないで》

「ご心配なく。もうあれこれ考えずに沙織ちゃんと遊んでいてください」

白岩は、電話を切ると、飛行機の国内便の時刻表を調べた。

伊丹空港15：55発、青森着17：25の便を見つけ予約した。

それからの段取りを思案しているうちに時間が過ぎた。

和田を呼び、でかける旨を伝えたのは車に乗る十五分前のことだった。

「ほんとうに青森へ行かれるのですか」

遠慮ぎみの声がした。

「なんやおまえ。まだ疑ってるんか」

「青森に縁がおましたか」

「成田さんを覚えてるか」

「仙台の伊達一家の成田組長ですか」

「そうや。ひと月ほど前におやっさんを見舞いに来られて、わいがお礼に行った。そのときに奥さんの体調が良くないのを知ってな。気にかけとる」

「そうでしたか。自分は若いころ成田さんにはよう声をかけてもらいました。いや、ほんまにすみませんでした」

「謝らんでええ。けど、この話、おやっさんには話すな」

「わかりました」

「それと、おやっさんのことやが、しばらく様子を見ることにした」

「つぎの幹部会議で話をされないということですか」

「不満か」

「とんでもない。親分の決められたことに不満はおまへん」

「そらあかん。おまえは花房組の若頭や。不満があれば、わいの言うことが納得できんときは、はっきりとものを言えるようになれ」

「努力します」

「幹部会議はどこぞの温泉を手配せえ。きょうの穴埋めに宴会や」

「ありがとうございます」

和田が声をはずませた。

白岩は窓に視線をむけた。

朝は真っ青だった空に鉛色の雲がひろがっている。

成田綾は応じてくれるだろうか。

仙台へ行く体力は残っているだろうか。

頭のなかで段取りはついているけれど、そのとおりに事が運ぶとはかぎらない。

白岩はそっと吐息をもらした。

遠く、おもちゃのような飛行機が機首をあげ、雲に突っ込んで行くのが見えた。

第四章　南天の花

白岩光義は、右に左に、うしろにと、しきりに顔を動かしていた。

仙台駅前のシティホテル一階の喫茶室にいる。

自分のことであれば、百人の敵に囲まれようと、予期しない事態に遭遇しようと、腰を据えて構えられるのだが、じっと見守るしかない状況では勝手が違う。

窓際の席で外を行き交う人の面相を確認し、ロビーにあらわれる人の動きを注視しながらも、頭のなかは最上階の客室での出来事を想像している。

津軽の成田家に着いたのはきのうの午後七時過ぎのことだった。

成田も綾も突然の来客にとまどいを隠さなかった。

予告もなしに訪ねたのは、成田夫妻に考える余裕を与えたくなかったからである。柿沢トミに手紙を認めた成田が反対するとは思わなかったが、綾がどう応じるか。綾が頑なに拒否すれば、成田も己の意志に蓋をするかもしれない。

そうなると、白岩にはどうすることもできなくなる。

トミとの約束を守る。

なんとしても、トミと綾を会わせる。

その一念での行動だった。


囲炉裏の部屋に通されると、白岩はいきなり切りだした。

「綾さん、でかける支度をしてくれませんか」

「えっ」

綾は短く声を発し、表情を失くした。まるで蠟《ろう》人形のように固まった。

白岩は間を空けなかった。

「トミさんがあなたに会いたがっています。本来なら自分がここを訪ねるのが筋だと言われたのですが、トミさんにはそうできない事情があって、わいが迎えに来ました」

「事情……」

綾の声は聞きとれないほどか細かった。

「そうです。仔細はご本人に会って、聴いてください」

綾がため息をおとしてうつむき、ややあって、夫を見た。

成田がちいさくうなずいた。

緊張しているのか、感情を制御できないのか、成田の頬はかすかにふるえている。

「さあ」

白岩は綾をうながした。

三人であれこれ話し合えば綾は自分の意志を口にするだろう。それがどういう結果につながるかわからないけれど、綾にそうさせたくなかった。

「車を待たせてあります」

綾が成田に声をかける。

「あなたも……」

「俺は、ここで帰りを待ってる」

成田がしっかりとした口調で言った。

「でも……」

「大丈夫だ」

成田が綾の声をさえぎった。

「白岩さんのご厚意にあまえなさい」

綾がふわっと立ちあがり、とぼとぼと隣室に歩いてゆく。

襖が閉まるのを見て、成田が白岩のそばに移った。

「よろしく、頼みます」

成田が正座して、深々と頭をさげた。

白岩は成田の肩に手を触れた。

成田は顔をあげなかった。

しばらくすると、その肩がふるえだした。

白岩は、身を屈め、成田の耳元にささやいた。

「どうなろうとも、綾さんは連れて帰ります」

成田が強く頭をふった。

「覚悟をされているのですね」

「覚悟なんて……」

成田が声をつまらせ、ひと息おいて言葉をたした。

「俺は綾に幸せをもらった。いまは綾の幸せを願っている」

「わかりました」

白岩は胸に湧き立つ感情を殺した。

他人がとやかく言う領域ではないのだ。

「あしたは家に居てください。状況をご報告します」

ようやく成田が顔をあげてうなずいた。

その眼は涙に光っていた。

「今夜は青森に泊まります」

「おまかせします」

また成田が頭をさげた。

襖がひらき、綾があらわれた。

白岩は先に外へ出た。

満天に星たちがキラキラと輝いていた。

星の光がおおきくなったり、ちいさくなったりする。

白岩は、頰の古傷が濡れていることに気づかなかった。


携帯電話がふるえて、白岩は地下の駐車場に移動した。

きょうの昼前にレンタカーを借りて、トミを迎えに行った。

けさ七時の東北新幹線で仙台へむかい、前日から予約しているホテルに入った。

その三十分後にトミから連絡があった。

『いま、どちらですか』

「ホテルにいます」

『正午ではどうでしょう。娘夫婦は後援会の方々と昼食会をするそうです』

「お迎えに行きます。あなたがひとりで動かれるよりは安全でしょう」

白岩は、トミの自宅近くの神社の駐車場で待つことにした。

あれから二時間が過ぎた。

一時間半の再会が充分とは思わないが、トミにはそれが精一杯なのかもしれない。

運転席に座ってほどなくトミがやってきて、助手席に座った。

トミの顔はゆがんで見えた。

泣き通していたのか、喜びにふるえていたのか。

感極まったのはたしかだろう。

トミが頭をさげた。

「ありがとうございます」

「よかったですね」

それしか言えなかった。

「はい。綾は思ったよりも元気そうで……そうふるまっていたのかも……」

「長い移動でお疲れになったでしょうが、けさは食事も摂られて、ホテルでは化粧もされて……あなたのことをあれこれ訊かれました」

「そうでしたか……」

トミが声を切り、しばし思案するような仕種を見せた。

「決心をつけなければ」

己に言い聞かせるような口調だった。

どうされるのですか。

そんな質問も受けつけない表情になっていた。

白岩は、無言でハンドルに手をかけた。


成田綾は身じろぎもせず客室の窓と向き合っている。

戻ってきた白岩に謝意を述べたあと、ずっとそうしている。

白岩は、静まり返った部屋で息を殺し、綾の背をただ見つめていた。

「よかった……わたしの大好きな街が壊れなくて……」

つぶやく声がした。

白岩は応えなかった。

綾がゆっくり身体を反転させた。

「そんなことを言っては被害に遭われた皆さんに失礼ですよね」

白岩はまた返事ができなかった。

被災地と、かろうじて難をのがれた地域との境界線には気まぐれな神がいるとしか思えない。しかし、そんなことを言ったところで何の意味もない。

綾がソファに浅く腰をかけた。

眼の周りが腫れぼったく見える。

それでも、朝よりは表情がやわらかい。

「わがままを言っていいですか」

「なんなりと」

「もうひと晩泊まってもかまいませんか」

「もちろんです。この部屋はあすの昼まで使えるようにしてあります」

「ありがとうございます」

「どこか行きたいところはありますか」

「お墓参りを」

「車を用意したので、ご一緒します」

「いえ。ひとりにさせてください」

「しかし、お身体が……なにかあれば、成田さんにもトミさんにも申し訳がない」

「大丈夫です。姉に元気をもらいました。それに、無理のないように動きます」

「わかりました。ただし、これを持ち歩いてください」

白岩はポケットの携帯電話を差しだした。

「あなたが不便になるでしょう」

「もうひとつあります。ちょっと待ってください」

白岩は、手渡そうとした携帯電話から発信した。

自分の部屋にある携帯電話は、稼業の、一成会の関係者との連絡用に使っている。

「具合が悪くなられたり、用があるときは、この一番上の番号にかけてください」

「なにからなにまでお気を遣っていただき、ほんとうにありがとうございます」

白岩は笑みをうかべて顔をふった。

綾がすこしほほえみ、すぐ真顔に戻した。

「こんなにお世話になったのです。いろいろとお話しするのが礼儀なのはよくわかっているのですが……まだ心の整理がつきません」

「なにも話されなくて結構です。トミさんにも聞いていませんから」

「そうですか……」

語尾が沈んだ。

無理もない。十数年の空白がわずか一時間半で埋まるわけがないのだ。

「白岩さん」

「なんでしょう」

「夫はなにか話しましたか……わたしが支度をしているあいだに……」

「よろしく頼みますと、頭をさげられました」

「それだけでしょうか」

「はい」

白岩は即座に応えた。

——俺は綾に幸せをもらった。いまは綾の幸せを願っている——

成田の言葉は、胸の片隅に、成田の覚悟と一緒に仕舞った。

トミを自宅近くまで送り届けたとき、もう自分は三人にはかかわるまいと決めた。

成田とトミに頼まれたことへの責任は果たした。

あとは成田夫妻が、トミと綾の姉妹が話し合うことである。

もうひとつ、いらぬ世話のケリをつければ仙台とも縁が切れる。

路地角を曲がって鳥将の赤提灯が見えたところで行く手をふさがれた。

道の中央に三人の男が立っていた。

真ん中にいるのは北勇会の石川だった。

どの顔も殺気立っている。

「どかんかい。皆さんに迷惑やろ」

そばを通る人たちはうつむき、足を速めた。

「おとなしくついて来い」

石川がすごむように言った。

「まだ懲りてないんか」

「けっ。ことわれば蜂の巣になるぜ」

白岩は首を回した。

背後からも複数人が近づいてくる気配を感じた。

何人いようが、道具を持っていようが、どうでもいいことだ。

三秒もあれば五、六人の雑魚《ざこ》どもは倒せる。

白岩は、幼なじみの鶴谷と小学生から高校まで空手を習っていた。正道の鶴谷、邪道の白岩といわれるほど、白岩は街中での喧嘩は滅法強かった。

しかし、いまはその腕前を披露する気がない。

ホテルを出る前からこうなるという確信があった。望んでもいた。

アイボリーのコットンパンツに赤のサマーセーターを着て、人通りの多い広瀬通をゆっくりと歩いたのも、北勇会の者の眼に触れさせるためであった。

「案内せえ」

石川の指示で若造の二人が近づいた。

「どあほ」

白岩の一喝で、二人の動きが止まった。

「道具は持ち歩かん。わいが凶器や」

「まあ、いいだろう」

石川が虚勢を張り、きびすを返した。

白岩はあとに続いた。

四人の若造が両脇とうしろについた。

北勇会事務所は国分町のはずれの雑居ビルの最上階にあった。

北勇興業に北勇リース、フロアのあちこちに北勇の名がつくプレートがある。

白岩は、そのひとつに案内された。

応接室には会長の斉藤勇がソファでふんぞり返っていた。

クラブ・杜で会ったときとは顔つきも態度もあきらかに違った。

斉藤の背後に二人、入口近くの壁に石川らが立った。

どうやら、今夜の斉藤は下手にでる気はなさそうだ。

それも望むところだ。

「さあ、どうぞ」

斉藤に勧められて、正面に座った。

「おなごはおらんのか」

白岩は茶化した。

こういう扱いをされては極道者になりきるしかない。

だが、斉藤も余裕の笑みをうかべた。

「のちほど……まあ、ここでの相談しだいだが」

「聞いてほしい悩みでもあるんか」

うしろに控える若造らの顔がひきつった。ひとりは顔を紅潮させた。

「白岩さんといえど、約束は守ってくれないと……俺の顔がつぶれる」

「なんの約束や」

「仙台に来たときはひと声かけるように頼んだはずだが」

「返事をしたかのう。旅先でのことはすぐに忘れるとは言うたが」

「喧嘩を売ってるのか」

斉藤の声音が変わった。目つきも鋭くなった。

「男は売っても、喧嘩は売らん。もっぱら買い専門や」

「それを聞いて安心した。できることならあんたと争いたくはない。ところで、仙台との縁はどうなった」

「じきにおわる。邪魔が入らんかぎりはな」

「邪魔……誰かと面倒になりかけてるのか」

「わからん。気の回しすぎかもしれん」

「面倒になったら連絡をくれ。前にも言ったが、仙台は北勇会の島だ。堅気どうしの揉め事ならともかく、あんたが絡んで見過ごすわけにはいかん」

「ほう」

白岩はにらみつけた。

「面倒がおきたら、どう捌く」

「中身による」

斉藤が吐き捨てるように言った。

腹の探り合いのようなやりとりに痺れが切れかかっているのか。

あるいは、青葉建設の役員やＴＤＲの野田が頭にちらついているのか。

白岩は一歩踏み込んだ。

「わいの相手があんたのお友だちやったらどうするねん」

斉藤が眉間に深い皺を刻んだ。

「心あたりがあるんか」

「ない。あんたが俺の島でなにをしようとしてるのかわからんので、いらいらしてる。どうだ。すっきりさせてくれんか」

「話せんな。稼業には関係のないことや」

「たしかだろうな」

「びびっとるんか」

「なんだと」

斉藤が声を荒らげた。眦がつりあがった。

一瞬にして部屋の空気が固まった。

白岩は顔を左右に傾けて間をとった。

そうしなければ、若造どもがはずみで拳銃を抜きそうな気配がある。

斉藤がソファから背を離した。

「このまま大阪へ帰ってくれないか」

声は戻ったが、表情は強張《こわば》ったままだ。

「人の指図は受けけん」

「俺と揉めることになってもか」

「やっぱり心あたりがありそうやな」

「そんなことはどうでもいい。仙台であんたが揉め事をおこすのが許せんのだ」

「わいは己の一存で動いとる。花房組も一成会も背負うてへん」

「あんたが野垂れ死のうと、関西は動かんわけか」

「安心したか。ほな、これでバイバイや」

白岩は腰をあげた。

「待て」

「なんやねん。どうでもせえと、狙われる本人が言うたんや。もう用はないやろ」

「ある。とにかく座ってくれ」

白岩は座り直し、斉藤を見据えた。

「あんたの用はいつおわる」

「長くはかからん。ある人への義理を果たせばお仕舞いや」

「義理……」

「言うてもわからんやろが、堅気のお人にも返さなあかん義理がある」

「それが済めば仙台を離れるんだな」

「ああ」

「間違いないな」

「くどいわ」

「どんな義理なんだ」

「おしえる必要はない」

「事と次第によっては俺が穏便に……」

「いらん世話や」

白岩は声をとがらせ、さえぎった。

「わいの好きにさせえ。そしたら、風と一緒に消えたる」

白岩は言いながら、立ちあがった。

若造が動きかけたが、斉藤が手で制した。

そとに出て数歩進んだところで、路地角から影がすっ飛んできた。

白岩は身構えすらしなかった。

「おまえでもびびることがあるんか」

「あと五分待っても出てこられなければ通報するところでした」

木村が早口で言った。顔は青ざめ、携帯電話をにぎりしめている。

「宮城県警にもお友だちがおるんか」

「全国の本部に伝があります」

「たいしたもんやと褒めてやるが、よけいな節介を焼くな。警察を相手に冗談言うてるひまはないねん」

「しかし、あなたにもしものことがあれば請求書を送れません」

木村がいつもの顔に戻した。

「ところで、なにしに来たんや」

「調査が詰めの段階に入ったもので……きょう来ました」

「部下から連絡があってここへ来たんか」

「はい。石川を見張っている者に状況を聞き、只事ではないと……あせりました」

「そんな玉か。どこに泊まってる」

「あなたとおなじホテルです」

「あんな高いホテルの請求書は受けつけん」

「ご心配なく。シングルのネット料金です」

「ふん」

白岩は国分通にむかって歩きだした。

木村が肩を寄せる。

「大丈夫でしたか」

「見てのとおり、生きとる」

木村がなにか言いたそうな顔を見せた。

白岩は無視した。稼業の世界のことを話すつもりはない。

「どちらへ」

「飯を食おう。邪魔をされて腹の虫が怒っとる」

「尾けられてますよ」

「気にすな」

「話ができる店にしてください」

「旨い店を知ってるか」

木村が腕時計を見た。

午後九時を過ぎている。

「鮨屋はどうでしょう。お口に合うかどうかわかりませんが」

「まかせる」

木村が携帯電話を耳にあてた。


座敷に案内された。

商談で利用する者が多いのだろう。檜《ひのき》の一枚板のカウンターは六席しかなく、右手と奥に四つの個室がある。

白岩は手酌であおった。

辛口の日本酒に神経を鎮めてもらいたかった。

やくざ者との腹の探り合いほど気分の悪いものはない。

正面からぶつかってなんぼの稼業なのだ。

それでも我慢した。

すべては約束を果たすためである。

トミと綾を引き合わせたことで約束の九割方はおえたけれど、二人がこれから先どうするのか、その行方次第ではまだやることがある。

そのためにも北勇会との衝突は避けたかった。かなり乱暴なことを言ったが、喧嘩沙汰にはならないと読み切ってのことであった。

北勇会の斉藤は腹が据わっていないとの読みである。

花房組との、ひいては一成会との衝突は避けたいのが本音だろう。もうひとつ、ゼニ勘定が頭にあるとも思う。白岩と騒動になれば警察が介入するだろうし、スキャンダルを恐れるＴＤＲの野田や青葉建設の連中が北勇会と距離を置くとも予測できる。

脛に疵を持つ者や己にやましいところがある者はそうしたがるものである。

斉藤にしてみれば、白岩が威しに屈すると高を括るはずもなく、話の流れで白岩の真意をさぐることができれば御の字くらいに思っていたに違いなかった。

座るなり、木村が上着を脱いだ。

「朗報があります」

「南のおっさんが入院したんか」

「そうなってもおかしくないネタです」

「もったいつけるな」

「カモリストは覚えていますか」

「ああ。小悪党どもがお年寄りのカネをむしりとろうとするアレやろ」

「野田が元締めです」

「なんと」

白岩は眼も口もまるくし、すぐに表情を崩した。

思いもよらぬ朗報である。笑い転げそうになった。

木村が真顔で続ける。

「ＴＤＲのコンピュータに侵入しました」

「ハッキングか」

「いきなりというわけではありません。カモリストを共有する組織の者たちからＴＤＲが関与しているとの情報を得たうえでのことです」

「そんな話はええ。野田が元締めで間違いないんやな」

「はい。カモリストの作成者はＴＤＲです。野田の発案に拠ることも確認し、動かぬ証拠もつかみました」

「でかした」

「ありがとうございます」

「動かせるか」

白岩はニッと笑った。

木村がにんまりした。

「早急に手を打ちます」

「罪状はなんや」

「まずは個人情報保護法違反ですね」

「警察が動くのにどれくらいかかる」

「起訴に持って行くとすれば、内偵捜査に最短でも一週間……」

「あかん」

白岩はあとの言葉をさえぎった。

木村は眉毛の一本も動かさなかった。木村も悠長なことは頭にないのだ。

「とりあえず逮捕状をとってもらいます」

白岩はうなずいた。

木村が古巣の警視庁と親密な関係にあるのは一年前に実感している。

鮨が運ばれてきた。

しかし、木村は見向きもしない。

「いいご報告がもうひとつ……大田の疵のウラがとれました」

「おなごか」

「それもあるようですが、男女関係は政治家の致命的な疵にはなりません」

「講釈はええさかい、はよう言え」

「カネです。大田は暴力団関係者から献金を受けています」

「北勇会やな」

「はい。解体業を営んでいますが、斉藤会長の企業舎弟です。その男は、四月初めに復旧義援金の名目で百万円を仙台市内の個人事務所に届け、加えて十万円の個人献金を申しでて、翌五月と今月の初旬にも十万円を献金しました」

「事務所は身元を調べんかったんか」

「よくある初歩的なミスです」

「まだ日が浅い。党への収支報告書は提出してないやろ」

「事務所の帳簿には記載され、献金者は受領証をもらっています」

「そつがないのう」

「しかも、解体業者は元伊達一家の幹部です」

「成田さんとセットで威し、大田を抱え込む魂胆やな」

「そう考えられます」

「津軽をうろついてた連中の正体は知れたか」

「野田です。興信所に、成田さんの出自や夫婦の様子をさぐらせていました」

「綾さんの病気のことは」

「おそらくつかんでいないと……そのことで青森の病院を訪れた者はいません」

白岩は胸のうちで安堵した。

大田が綾の病状を知れば、あれこれ妄想をひろげてトミを監視するかもしれない。たとえわずかな権力でも、それを護るために政治家はあらゆることに神経を遣う。まして大田にとって初めての、まさにつかもうとしている権力の座なのだ。

白岩は、木村との電話でのやりとりを思いだし、話を元に戻した。

「大田は威されて手を組まされた……それで、しっくりきたんか」

「いえ」

「まだ気になることがあるんか」

「この二か月あまり、証券会社を使って青葉建設の株を買い漁っている者がいます。現時点の調査では正体がわかっていません」

「南か」

「おそらく」

「どれくらい」

「きのうの時点で約八パーセントとか。企業側としては無視できない数字です」

白岩は箸を投げだし、腕を組んだ。

なにかがひっかかる。

はっと気づいた。

「二か月というのはたしかなんか」

「はい」

「その時点で復興担当の人事が進められていたんか」

「いえ。政府は復興庁設立の検討を始めていましたが、国会での承認が必要となるために法案作成にとりかかっていた時期です。それに先んじて内閣府に復興大臣を置くと決めたのは二週間ほど前のことです」

「つまり、二か月前は大田の副大臣就任はうわさすらなかった」

「そのとおりです」

「解せんのう」

「なにがですか」

「博奕の打ち方と違う」

「えっ」

「南のおっさんの博奕は研ぎ澄ました狙い撃ちや。後悔を引き摺る博奕は打たん。損得勘定も半端やない。ぼやけてる標的に実弾を撃つような男やないねん」

木村が思案の顔を見せ、ややあって口をひらいた。

「南の狙いは企業買収……乗っ取りとは考えられませんか」

「ん」

白岩は眼の玉をひんむいた。

電話で木村と話しているさなかに思いうかんだことである。

だが、あのときはすぐに吹っ飛んだ。

同族会社は外敵に対しては一致結束する。それでなくても、柿沢本家の持ち株は圧倒的比率で、現在はトミと娘、綾の三人で三十八パーセント、それに社長ら近親者の持ち株を加えれば過半数を超える。

白岩は素早く計算した。カネには無頓着で、どんぶり勘定のような人生だが、子どものころから数字には強かった。

答えは即座にでた。

「無理やな。南といえども、市場での買いはせいぜい十パーセントやろ。威されている大田が嫁に泣きつき、嫁の名義の十パーセントを南に売り、常務ら遠縁の株を集めたとしても、トミさんと綾さん、社長ら近親者の株の合計には届かん」

「おっしゃるとおりです。トミさんと綾さん、それに社長の三人で三十六パーセントあります。しかも、綾さんが譲渡されればトミさんの持ち株は二十八パーセントになり、筆頭株主の座も安泰と思われます」

「それでも、企業買収を気にする理由はなんや」

「社長が持つ八パーセントです」

「いずれ息子を社長にする男が売るわけないわ」

「そうですが、息子の評判が良くないのです。社長も親しい者に愚痴をこぼし、息子の将来を危惧しているとか」

「息子が社長にならなければ……」

白岩は言葉を切り、何度も顔をふった。

南はそんな先のことを考えて行動する男ではない。歳も歳なのだ。それに、短期勝負でなければ被災地の復興事業に乗り遅れてしまう。

とはいえ、社長の持ち株は無視できない。南が十パーセントの株を確保すれば、トミの娘と社長の株を加えてトミと綾の合計数に対抗できる。

「社長の株が動いていないかどうか調べろ」

「わかりました。ほかには……」

「ない」

白岩はつっけんどんに返した。

「もう酔狂は飽きた。野田の逮捕をきっかけにして一気にケリをつけたる。そこでや、最後の頼みがある」

「最後ですか」

「そうよ。あとは請求書に金額を入れてお仕舞いや」

「残念です」

「なにが」

「今回は長いおつき合いになると喜んでいました」

「うるさい」

白岩は乱暴に言い、顎をしゃくった。

木村の頬がふるえだした。いまにも笑い声が弾けそうだ。

いつまで経ってもガキやと、愛子にも好子にも言われる。近ごろは、拗ねた白岩さんは子どもみたいで可愛いと、菊にもからかわれる。


市街地を抜けて、作並街道を西へ走った。

ひさしぶりの運転にもなれてきた。風景を眺める余裕もある。

それでも、緊張している。

となりに柿沢トミを乗せているからだ。

しきりにバックミラーで追尾車輛の有無を確認している。

トミを乗せて十分になろうとしているが、まだまともな話はしていなかった。

トミの横顔にも緊張が窺える。

白岩はやさしく話しかけた。

「きのうは家族の方に怪しまれなかったですか」

「はい。眼が腫れていたので気づかれはしないかと心配したのですが、娘も婿も来客の対応に追われて。孫には悲しいことがあったのと訊かれましたが……」

トミが口元をゆるめた。

「綾さんは朝九時の新幹線に乗りました」

「体調はどうでしたか」

「変わりなく……知り合いの者が一緒なので、ご安心ください」

木村の部下を同行させている。

「なにからなにまで、ありがとうございます」

「ひとつお訊ねしてもいいですか」

「はい」

「診断書にはなんと書いてあったのですか」

トミが顔をむけ、おどろいたように眼を見開いた。

「ほんとうにご存知なかったのですね」

「ガキのころ、おふくろに来た手紙を開けてひどく叱られました」

トミが元の眼に戻した。戻しすぎて、糸になった。

だが、それも一瞬のことである。

「血液のがんです」

息を整えるようにして言葉を続けた。

「それに……心臓近くの動脈におおきながんがへばりついているそうです」

白岩は吐息をもらした。

手術はしないのですか、と問う気にもならなかった。

おそらく手術は困難で、余命も告げられたから、こういう状況になったのだろう。

「あと一年……わたしは綾と暮らしたい……」

「綾さんはなんと」

「もう思い残すことはないって……津軽で暮らすそうです。最初で最後の恋……あの子らしい……でも、わたしは綾のそばにいたい」

「そうしましょう」

「えっ」

「成田さんと話してみます」

「成田さんにわたしのわがままを聞き入れていただいても……」

「そのときは、わいがなんとかします」

「無理だわ」

白岩は胸にくすぶるためらいを捨てた。

「副大臣就任の話が流れれば問題ないでしょう」

「なにを企んでいるの」

強い口調が返ってきた。

「まだなにも……あなたの希望を言ったまでのことです」

トミが顔を窓にむけた。

左手に広瀬川が流れている。

「失礼は承知のうえで、すこし調べました」

「………」

「青葉建設も面倒がおきてるそうですね」

「そんなことまで……」

トミが顔のむきを戻し、白岩をじっと見つめた。

白岩は路肩に車を停めた。

「お手伝いさせてください」

「なにをなさるつもりですか」

「青葉建設はよからぬ連中に狙われているようです」

「狙われている……どういう意味ですか」

「あなたは知らないほうがいい。心労が増えるだけです」

「聴かなければなおさら不安になります。青葉建設を護るのはわたしの使命なのです」

「その言葉を聴いて覚悟が増しました」

「おしえてください」

トミが両手で白岩の左腕をつかんだ。

白岩は、右手で皺だらけの手をつつんだ。

「ひとつだけ……内紛を煽る者がいます」

「柿沢家にかかわりのある人ですか」

トミがさぐるような眼つきになった。娘婿の大田を意識しているのだろう。

「あなたが想像されている方ではありません」

「ほんとうですね」

「はい」

「でも、さっき副大臣の話をされました」

「切り離してください。大田議員が青葉建設の誰かに接近しているとしても、あなたの娘さんになにかを話しているとしても、それは本人の意志ではないと思います」

「お恥ずかしい」

トミが手を離し、うなだれた。

「ずいぶんと調べられたのですね」

「成り行きでした。他人のあれこれに首を突っ込まないようにしてきたつもりですが、今回ばかりは……わいの好きなようにさせてくれませんか」

トミがさらに頭《こうべ》を垂れ、やがて、背筋を伸ばした。

「あなたを……信頼します」

「おおきに」

白岩は元気な関西弁で言った。


翌日の昼前に東京駅に着くと、まっすぐ花房のマンションへむかった。

予告なしでも姐の愛子は招き入れてくれた。

そればかりか思わぬ声をかけられた。

「お好み焼きを作ってるところや。一緒に食うか」

「ご馳走になります。姐さんのお好み焼き、天下一品や」

「ほんまに調子のええやつやな。むこうで待っとれ」

姐の男言葉に張りが戻った。戻りすぎて、花房の現役時代をほうふつとさせた。

花房は居間に胡坐《あぐら》をかいていた。

ひさしぶりに花房の着物姿を見た。

紺の紗を粋に着こなしている。

白岩は正面に座した。

「おやっさんも、まだまだ貫禄たっぷりですわ」

「ぬかすな」

花房がまんざらでもない表情を見せた。

肌艶も数日前より良さそうだ。

「洒落たまねをさらして。鯖の棒鮨、絶品やったわ」

「よろしゅうおました」

「頬っぺたがおちそうになって、口が軽うなった」

「なりよりでした」

「なにがなによりや。おかげで、初めて嫁に頭のてっぺんを見せたわ」

「そんなもん、見んでもよかったのに」

姐があかるい声で言いながら、鉄板を運んできた。

ソースの焦げる匂いが食欲をそそる。

姐が往復して、三つの鉄板が揃った。

薄切りの鰹節が踊っているのを見ただけで口中に唾が湧きでる。

花房夫妻は大阪天神橋のお好み焼き屋・甚六《じんろく》をなじみにしていて、見よう見まねとはいえ、愛子が作るお好み焼きは甚六と遜色ない出来映えである。

「旨い」

花房がひと声発したあとは、三人とも無言で食べた。

食事がおわると、愛子はすぐに立ちあがった。

「これから好子と銀座にでかけるさかい、留守を頼むわ」

「ごゆっくり」

五分と経たないうちに玄関で音がした。

それでも、花房は声をひそめた。

「あれで気を利かせたつもりやねん」

「はあ」

「ビールを持って来い」

「ええんですか」

「お好み焼きにはビールや。食いおわったけど、ひと口呑みたい」

白岩は冷蔵庫から缶ビールとグラスを運んだ。

グラスに半分注いでやる。

花房が咽を鳴らして、口をひらいた。

「年内は東京におることにした」

「そのあとは大阪に戻られるのですね」

「ああ。くたばってなかったらの話や」

「くたばるわけがおまへん」

「また面倒をかけるが、よろしゅう頼む」

「頼むやなんて、他人みたいなことを言わんといてください」

「あれ以来、気分が落ち込むことが多くなってな」

「あれとは……震災のことですか」

「そうや。人の命は儚《はかな》い。どんなに元気な人でもあっという間に命を獲られる。勝負や覚悟やと運命に逆らうのがむなしゅうなるときがある」

「そんな弱気にならんでください。おやっさんは生きておられます。生きている者が生き続けようとするのは人としての責務のようなものです」

「そうかのう」

「そうです」

きのう、トミから綾の病状を聴いたとき、治療を受け、生きる執着を見せてほしいと思った。花房への言葉をそっくりそのまま言おうとも思っていた。

「おまえの言うとおりかもしれん。けど、人の心の弱さをあらためて知ったのは事実や。眼に見えぬ放射能に怯えとる。人だけやない。東京が、日本がふるえあがっとる。東北の被災地が復興するのは十年二十年先や。福島はもっとかかる。きょうを生きることに慣れてしまった人たちには想像するのさえいやになる歳月やで」

「そんなことは忘れてください」

白岩はきっぱりと言った。

自分勝手な言葉だろう。それでも構わない。

心臓が動いているかぎり、ひたすら生きることにこだわってほしい。

心底そう思う。

「なにがあった」

花房が心配そうな顔で言った。

「こんな話をしたがらんおまえが……今度はどんな面倒をかかえたんや」

迷いはなかった。部位は違っても花房と綾がおなじ病をかかえているからというわけではない。花房が精神的に落ち着きをとり戻したからである。

白岩は、成田夫妻と柿沢トミのことを話した。青葉建設の騒動やナンボ屋の南には触れなかった。花房は金子と南の関係をよく知っている。

「そうなんか。成田の嫁はん、がんを患ってるんか」

花房が肩をおとし、思い直したように言葉を続けた。

「成田はどうしたいんやろ」

「綾さんを仙台に帰すつもりだと思います」

「それも、つらいのう」

「はい」

「三人で暮らすわけにはいかんのか」

「むずかしいでしょう。娘婿の立場がおます」

「極道者は足を洗うても堅気にはなりきれんわな。事業で成功し、芸術の分野で才能を開花させたとしても、世間様の胸の底には、しょせん極道者との意識がある」

胸がざわつきだした。

――あと一年……わたしは綾と暮らしたい……――

――綾さんはなんと――

――もう思い残すことはないって……津軽で暮らすそうです。最初で最後の恋……あの子らしい……でも、わたしは綾のそばにいたい――

――そうしましょう――

――えっ――
――成田さんと話をしてみます――
――成田さんにわたしのわがままを聞き入れていただいても……――
――そのときは、わいがなんとかします――
トミに言った己の言葉は軽率すぎたのではないか。
感情に走りすぎたのではないか。
トミと綾を引き合わせたとき、もう三人にはかかわるまいと決めたのだ。
――俺は綾に幸せをもらった。いまは綾の幸せを願っている――
成田の言葉が決意させた。
それなのに、トミの願望に感情が反応した。
トミの願いを叶えることが綾の心を踏みにじることになりはしないか。
成田と暮らした日々は、綾も幸せだったと思う。
だから綾は、津軽に骨を埋めるつもりで、通帳と株券を姉に返したのだ。
その意志は軽々には扱えない。
帰りの新幹線のなかで忸怩《じくじ》たる思いがめばえたのだった。
「おまえはかかわるな……言うてもむりやな」

花房が悲しそうに笑った。

「いつまで経っても人の心がわからん男です」

「そう自分を虐《いじ》めるな。他人の心をわかろうとするだけでもましや」

「どう動いても、三人の誰かの心を傷つけそうで……恐ろしくなってきました」

「それでもおまえはやろうとする。そういう男や」

白岩はため息をついた。

花房がグラスにビールを注いだ。

それを止める声もでなかった。


白岩の顔を見たとたん、男がひっくり返りそうになった。

「誰だ、君は……部屋を間違えてないのか」

白岩は円形テーブルに近づいた。

「白岩光義と申します。大田先生ですよね」

「そうだが、わたしは君と会う約束などしていない」

剝《は》がれかけた威厳を貼り直したようだ。それでも頬はひきつっている。

「会食の予定時間の残り三十分はわいが譲り受けました」

「そんなばかな。君は何者なんだ」

「見てのとおり、極道者です」

「ふざけるな。わたしは帰る」

大田が椅子を蹴った。

白岩は大田の前に立ちはだかった。

赤坂の中華料理店に来たところだ。

――あすの正午から一時半まで、日本新聞社の記者がインタビューを兼ねて大田と食事をします。最後の三十分はあなたの好きにしてください――

木村はそう言って、店名をおしえたのだった。

最後の依頼は難航すると思っていたが、木村はその予想をいとも簡単に裏切った。

「そこをどきたまえ。警察を呼ぶぞ」

「かまわないが、面倒事が増えるだけですよ」

「どういう意味だ」

「あんたの弱みをにぎっとる」

白岩は関西弁で言った。

「威してるのか」

「威してるんはナンボ屋の社長やろ。わいは、あんたを助けに来た」

「助ける……」

「座ったらどうや。あんまし大声で騒いでると店員が通報しよる。それでもええんか」

大田がぶるっと顔をふるわせ、逆戻りした。

まるくて凹凸がすくなく、これという特徴のない面相である。

衆議院議員の大田和仁は純朴そうに見える。

気質もおおよそわかった。

ナンボ屋の南社長にかかれば赤児のようなものだろう。

柿沢トミが大田について多くを語らない理由もわかる気がした。

典型的なカカア天下か。

そんなふうにも思った。

ウエイターがビールを運んできて、空き皿を手に去った。

白岩は大田を見据えた。

「まわりくどいのは苦手なもんで、すばり訊く。南の要求はなんやねん」

「彼に威されたとは言ってない」

「やめなはれ。時間がないんや。あんた、このままやとなんもかも失うはめになる」

大田の瞳が揺れた。混乱する頭を懸命に働かせているのだろう。

「ひとつ、おしえてくれないか。助けるとはどういう意味だ」

「そのまんまや。あんたを自由にする」

「暴力団なのに……」

「極道や。けど、南のようなあこぎなまねはせん」

「どうして、わたしを助ける」

「柿沢トミさんに恩義がある」

「お義母《かあ》さんに……頼まれたのか」

「わいの一存で動いとる。あんたにはトミさんの心労がわかってるはずや」

大田がなにか言いかけたが、声にならなかった。

「いましかないのや。あんたが副大臣になったあとでは、もうどうにもならん」

「君はどこまで知っているのだ」

「トミさんの妹の亭主が元組長で、前科持ちであること。あんたの個人事務所が北勇会の企業舎弟から寄付と政治献金を受けたこと……ナンボ屋の南がＴＤＲの野田を使ってあんたを威し、青葉建設を乗っ取ろうとしてる」

「乗っ取るなんて……そんな話は聞いてない」

「あんたの嫁の株を譲れという話はどうや」

「それは……」

「嫁に相談したんか」

「これからは政治活動におカネがかかるようになると相談した」

「南の入れ知恵か」

大田がちいさくうなずいた。

「嫁はどう言ってる」

「お義母さんに相談すると……つい一週間前の話で、まだ返事をもらってない」

白岩はふうっと息をぬいた。ひとまずは安心である。

「南は青葉建設の株を買い漁っとる」

「ええっ」

大田が奇声を発した。そのせいか、顔に血の気が戻ってきた。

「青葉建設の役員とも結託しとる。その役員と幹部社員は北勇会ともつき合いがある。すべては南の仕組んだことや」

「そんな……」

「そのうえ、あんたの嫁の株を手にすればどうなるか……もうわかるわな」

「ほんとうの話なのか」

「本人に確かめてみい。それで、あんたが喧嘩できるんなら、わいは手を退く」

また大田の瞳が揺れだした。

「煮えきらん男やのう。わいは帰る」

白岩は両手をテーブルにあてた。

「ま、待ってくれ」

「話す気になったか」

「ほんとうに助けてくれるのだろうね」

「ああ。トミさんのためにな」

「他言しないと約束してくれ」

「しょうもないこと、ぬかすな」

白岩は語気を強めた。

「わかった……」

大田がおおきく息をついた。

身体が半分に縮んだようにも見えた。

大田がこれまでの経緯を語りだした。

親しい財界人から野田を紹介されたのは三月下旬のことで、二人だけでの食事のさなかにいきなり恫喝されたという。野田は大田事務所が管理する政治献金の帳簿や収支報告書のコピーや成田将志に関する資料を見せ、困惑する大田に考える隙も与えずにナンボ屋の東北進出に便宜を図るよう迫った。

乱暴な話だが、白岩は納得できた。被災地の復旧復興は待ったなしの状況である。国民の大半はそれを願ってもいる。同時に、復興事業に参画しようとする企業や組織は一刻一秒を争い、より多くの利を得ようと奔走している。

大田がひと息ついたところで、白岩は訊いた。

「野田は具体的なことも……青葉建設に仲介することも指示したんか」

「いや。四月の初めに南さんと会い、そのときに紹介するよう頼まれた」

「それで、精一杯の抵抗をしたんか」

「えっ」

「社長やのうて、常務を引き合わせたことや」

「違う。南さんの希望だ。妙だと思ったが、言われたとおりにするしかなかった」

「あの狸……早々と的を絞ってたんか。南が株を買いだしたんもそのころや」

「えっ」

大田が眼をひんむいた。

「会社から聞いていているという話は女房に聞いた。しかし、青葉建設は被災地復興の拠点となる仙台に在る。投資家が魅力を覚えても当然かなと思った」

「あまいのう。まあええ。南は、あんたを陥れるや、株に手をつけた。常務は……おそらくそれ以前に籠絡《ろうらく》されてた。つまり、やつの狙いは青葉建設の乗っ取りなんや」

「信じられん。南さんは好感の持てる企業人で……最初に会ったときに野田の無礼を詫びられ、きつく叱ったと……青葉建設と手を組んで早期復興に努め、青葉建設とナンボ屋を飛躍的に発展させたいとも言われた。そのあとも威されたことはない」

「あほか」

白岩はあきれ果てた。

南がみずから汚れ仕事をするわけがないのだ。

しかし、大田の弁が本音とも思わなかった。野田に威されたのは事実で、南が好意的に接しようとも、その恐怖が拭えるものではない。

白岩は話を前に進めた。

「確認するが、嫁の株は動かしてないんやな」

「間違いない」

「きょうをかぎりに南と縁を切れ」

「どうやって……むこうは威しのネタを持っている」

「無視せえ。連絡があっても会うな」

「それでは情報をリークされる」

「そのバッジを……」

白岩は大田の上着の襟を指さした。

「はずせば済むことや」

「いやだ。それこそ何もかも失う」

「それが本音か。おなじ末路なら毒を喰らうんか」

白岩は語気をとがらせた。眼光も増した。

純朴そうな顔をして、いや、だからこそと言うべきなのか。

大田が南を庇《かば》うような言葉を口にしたのもそのせいだろう。

人は皆、どうしても護りたいものが一つや二つはある。

「議員を辞職すれば……犯罪者になれば、妻に愛想をつかされる。わたしは、ほかの議員とは違って、これ一本で生きてきたんだ」

「それがどうした。議員を辞めれば人生のおわりか」

「そうなるだろう」

「あほくさ」

白岩は顔をゆがめて吐き捨てた。

もう相手にするな。

頭のどこかで叱る声がした。

そもそも、おまえが人の世話を焼ける人間か。

あざけるような声も聞こえた。

白岩は奥歯を嚙んだ。

なめたらあかん。

声なき声に反発した。

わいにも護らなあかんことがあるのや。

胸のなかで毒づき、臍に力をこめた。

「南はリークなどせんわ。やつは企業人や。その前に、商人や。頭は切れるし、損得勘定にも長《た》けとる。吐いた唾が己に返ってくるような、あほなまねをするわけがない」

「野田はどうなのだ」

聞こえないほどの声だった。

右に行くか、左を向くか。頭も胸中も烈しく揺れているのだろう。

「あのガキは南に逆らえん」

野田が警察の標的になることはおしえない。不安をとり除いてやろうとは露ほども思わない。悩んで、怯えて、七転八倒すればいいのだ。

「君が……彼らとの仲を断ち切ってくれるのか」

「………」

くちびるがふるえて声がでなかった。手は拳に固まった。

それでも耐えた。

「ええか。己の意志で南との縁を切れ」

「努力しよう」

「どあほ。われのことやないか」

白岩は拳をテーブルに打ち据えた。

大田の顔面が痙攣する。

もう怒りは止まらない。

「やらんのなら、わいがおまえをつぶしたる」

白岩は立ちあがった。
同時に扉が開き、店の者たちが飛び込んできた。
「いや、大丈夫だ。なにもない」
大田の声はやたらとあかるかった。
一瞬で笑顔をつくろったのだろう。
そんな顔は見たくもない。見れば拳でつぶしていた。

津軽の空はきょうも青である。
初めて訪れたときも東京は雨で、青森は晴天だった。
白岩は、タクシーを降りると、まっすぐ十三湖へ足をむけた。
小舟の舳先に立つ成田を見たかった。
けれども、成田が蜆漁をしているとわかっているわけではなかった。
湖上に成田夫妻はいなくても、砂地に立てばあの光景がよみがえるだろう。
あちらこちらで、小舟が木の葉のように揺れていた。
風がある。
さらさらとした風だが、青い湖面にちいさな白波を立てている。

ある小説家はこの潟湖《せきこ》を気品のある湖と記している。

白岩には、天の涙が溜まったような、悲しい湖に見える。

両腕をひろげた。

それでも胸の靄は消えなかった。

「ここにおったのか」

背に声がした。

ふりかえると、成田が顔に無数の皺を刻んだ。

晴天が続いているのだろう。

すっかり陽に焼け、生まれながらの漁師の顔になっている。

白岩も笑顔を見せた。

「漁にでておられるかと思いまして」

成田が湖面を指さした。

「これくらいの風でもけっこう揺れる。まあ、溺れはせんが」

「浅いのですか」

「深いところでも三メートルくらいかな。蜆を採る場所はもっと浅い」

「まだ綾さんと……」

「身体にさわるのはわかっているのだが……言うことを聞いてくれん」

「仲がよろしいことで」

「なれだよ。この十年、おなじことをくり返してきた」

「なかなかできんことです」

成田がゆっくり顔をふった。

「変わらないと……俺も往生際が悪い」

白岩は、成田の窪んだ眼窩《がんか》を見つめた。

すこし痩せたようで気になっている。

「綾さんと話をされてるのですか」

「ん」

「これからのことを……」

無意識に言葉を選んでしまった。

「普通の会話だよ」

成田がやさしく言い、ひとつ息をついて言葉をたした。

「あれからトミさんに会ったのか」

「はい」

白岩は腹を括った。成田がトミの心を気遣っているのなら正直に話すべきだろう。

「トミさんは綾さんと暮らすことを望んでいます」

「そうだろう」

「綾さんは、トミさんに、津軽で暮らしたいと言われたそうです。そのお気持ちはいまも変わらないのですか」

「本音の半分は姉さんとおなじだと思う。けど、俺がいる」

「成田さん……」

声が詰まった。

先日のやりとりが胸にふくらんだ。

――覚悟をされているのですね――

――覚悟なんて……――

成田は泣いていた。

――俺は綾に幸せをもらった。いまは綾の幸せを願っている――

白岩も涙をこぼしていた。

「日本海に出ようと思うときもある」

成田がぼそっと言った。

白岩は眼を閉じた。

言葉の意味はひとつしか思いうかばなかった。

「情けない」

声がして、眼を開けた。

成田の顔が怒っているように見えた。

「覚悟なんて……」

あのときとおなじ口調だった。

「なれないことをやるもんじゃない」

白岩は応えられず、黙ってうなずいた。

「平穏な暮らし……そんなものを求めて堅気になったわけではないのだが……」

「あのときも苦渋の決断をされたのでしょう」

「忘れた」

成田が苦笑した。

「逃げたのさ。刑務所で綾に惚れ、命が惜しくなった。それだけのことだ」

そのとおりかもしれない。

白岩はそう思った。

人は、その場その時で、立ち位置も心の在り様もおおきく異なってくる。恋もおなじだろう。文通でなければ結実しなかったようにも思える。

「頼まれてくれないか」

成田の声が硬くなった。

「なんなりと」

白岩の身体は引き締まった。


仙台に着いたのは翌日の午後四時である。

白岩はホテルへむかった。

ひと眠りしたかった。

けさは六時に起きて、成田と二人で湖に出た。

蜆漁をしてみたかったわけではない。

小舟に立つ成田を間近に見たかった。湖上からの津軽の風景も記憶に残したかった。

成田が託した、おそらく最後の頼み事がそういう気分にさせた。

蜆漁は想像をはるかに超えてむずかしかった。熊手のような金具を付けた網で砂泥を掘って掬《すく》うのだが、成田にコツを教えられても、うまく網に力が伝わらなかった。

体力に自信があっても舟の上では勝手が違い、使いなれない筋肉が悲鳴をあげた。いまは身体のあちらこちらが張っている。

チェックインを済ませてエレベータのほうへ歩きかけ、足が止まった。

小柄な男が近づいてくる。

「奇遇だな」

ナンボ屋の南が声を弾ませ、顔に笑みをひろげた。

白岩はすまし顔で応じた。

「わいを待ち構えてたんですか」

「なにをぬかす。せっかくや、茶でも飲もう」

南が返事を待たずに歩きだした。

ロビーの喫茶室に入った。

「まさか、仙台で会えるとはのう」

南は笑みを絶やさない。

なんやねん、このおっさんは。へこたれることを知らんのか。

白岩は呆《あき》れ顔で南を見つめた。

「俺は商談で来たんやが、あんたは稼業のお務めか」

「そんな勤勉な極道やおまへん。使いを頼まれましたんや」

「えらい。あのアホにあんたの爪の垢でものませたいわ」

誰のことか考えるまでもなかった。

——警視庁捜査二課が逮捕状をとりました——

津軽を発《た》つ直前に木村の報告を受けた。その電話で、警察はカモリストには各地の暴力団がかかわっており、北勇会も捜査の対象になっているという。

南にも野田逮捕の一報が届いただろう。

「社長は知らんかったんですか」

「カモリストか。そんなもの、初めて知ったわ。チンケなことをさらしおって……一時期のＩＴ成金とおんなじや。らくなゼニ儲けしか考えよらん」

「あれほど買《こ》うてたのに、もう見切ったんですか」

「その、見切りよ。俺は見切りの確かさでここまで伸《の》してきた」

「たいした博才や」

「博才は商才に通じる。そう思わんか」

「ようわかりません。けど、社長を見てるとそんな気もしますわ」

南が満足そうにうなずいた。

「野田を見切っても、諦めきれませんのか」

「ん……東北進出か。あたりまえや」

「永田町の先生はもう使えませんで」

南が一転し、顔をしかめた。

「やっぱり、あんたの仕業か」

「商売の邪魔をして済みません」

白岩は下手にでた。南に関しては金子の存在が頭の片隅にある。

それとは別に、捜査の手は南にまで及ばないとの読みもある。警察の捜査は全国の老人たちのカネをむしりとる悪徳商法の摘発に絞られている。野田がその事案以外の己に不利になることをベラベラ喋るとは思えない。

「まあ、ええ。ゼニはかかりすぎたが、元はとる。何十倍にしてな」

白岩は顔を近づけた。

「青葉建設からも手を退いてもらいます」

「うっ」

「買収は諦めなはれ」

「そうはいかん」

南が語気を強め、にらみつけてきた。

白岩は眼光を飛ばした。

「わいと事を構えますのか」

「どうしてそこまでやる」

「ある人と約束した。大事にしたい縁もできた」

「俺との縁を深めたほうが……」

「ぬかすな」

白岩は乱暴にさえぎった。

「ゼニでは買えんもんがある」

南の眼の光が弱くなった。

白岩はたたみかけた。

「いまここで腹を括ってくれ。わいと一戦交えるか」

南が息をつき、手のひらをふった。

「やめとく。あんたを敵に回せば寿命が縮む」

「ほんまやな」

「ああ。買収は諦める。けど、商売として連携は深める。それなら文句はないやろ」

「おません。せいぜい被災地の復興に汗を流してください」

「皮肉を言うな」

「本音ですわ」

「後学のためにおしえろ。大田になんとささやいた」

「そんなガラやおません。威したんですわ」

「それならなんで俺を威さんかった。そのほうが手っとり早いやないか」

「社長は賢い。大阪きっての商人や。抜け道は知ってますやろ」

「野田の悪行をつかんだところで勝負ありというわけか」

「そんなところですわ」

「あんた、かなりの切れ者をかかえてるな」

「まあ、人には恵まれてます」

「俺はどうや」

「なんのことです」

「友だちになってくれんか」

　南が真顔で言った。

「金子がおるやないですか」

「あの男は気質がええし、如才無いが、残念なことに世間がせまい」

「それはわいもおなじです」

「あんたには人がおる」

「社長のほうがはるかに多い。なにしろ業界トップのお人や」

「ゼニの力や。ゼニを失くしたら蜘蛛の子を散らすように離れる連中ばかりや」

白岩は思わず唸った。

このおっさんは己を見失っていない。

もしかすると、孤独になるのが恐くてカネ儲けに励んでいるのではないか。

そんなふうにも思った。

「大阪に戻られたときは、金子に言うて、声をかけてください」

「ええな。北新地で遊んでくれるんか」

「よろこんで。けど、わいを悲しませるまねはせんといてください」

白岩は釘を刺すのを忘れなかった。


すっかり夏めいている。

藤も美山躑躅も花をおとし、柿沢家の庭は緑が濃くなっていた。

柴折戸の傍らに白い花を見つけた。

細く尖った茎の先に小花が群れている。

「南天よ」

傍らで声がした。

トミが縁側に腰をおろし、言葉を続けた。

「ことしは楽しみにしていたの。南天は難をのがれる縁起のいい木だから、たくさん咲いてくれるのを願って」

「よかったですね」

「空梅雨も……」

トミにつられて、空を見た。

薄い雲が張っているが雨の気配はない。

「白岩さんがお見えになって初めての曇りなの。このままずっと降らなければ被災された方たちは助かるでしょうね」

白岩はトミに視線を移した。

なんとなく吹っ切れたような表情を見せている。

「なにかありましたか」

さりげなく声をかけた。

「けさ、娘が東京へ帰りました。きのうの夜に大田から電話があって……おめでたいお話が流れてしまったようです」

喜ぶでも悲しむでもなく淡々とした口調だった。

白岩は冷静に聞いた。柿沢家で異変がおきたという想像はしていた。トミに電話をかけて会う場所を訊ねると、よろしければ家に来ていただけますか、との返事があった。

大田がみずから辞退を申しでたか。

木村が人脈を使って官邸に情報を提供したか。

そんなところだろうが、深く考えることではない。

「娘はたいそう怒っていました。わたしに恥をかかせるのって……電話で声を張りあげて、あげくに泣きじゃくって……」

トミは声を切り、うっすらと笑みをうかべた。

「いい勉強です。大田には内示があったようで、本人も娘もすっかりその気になって後援会の皆様や支援されている企業の方々に報告したらしく、娘は皆様に合わせる顔がないとぼやいていましたが、あの子も大田もまだ子どもです。生前に父がよく言っていました。政治家は恥と汗をかかなければ成長しないと」

「わいは毎日、恥をさらしてます」

白岩が眼で笑うと、トミは開いた口を手でふさいだ。

「それなのに成長しません」

今度は笑い声がした。

「ごめんなさい」

そう言っても、トミの顔はしばらくゆるんだままだった。

白岩は、ほっとした。トミの楽しそうな笑い声を初めて聞いたからだ。眼を腫らし、苦悩の色をにじませた顔が瞼に残っていたせいもある。

トミが真顔に戻した。

「あなたがそうなるように仕組んだの」

「とんでもない」

トミが胸のうちを覗くようなまなざしをくれた。

白岩は平然と受け止めた。

大田が自分に会ったことを妻にも義母にも話すわけがない。

それは確信としてある。

「じつは、きのう、青葉建設の社長宛に封書が届きましてね。連絡を受け、娘には内緒で社長室を訪ねたのです」

トミは眼の表情を変えなかった。

白岩はわずかばかり動揺した。だが、気配を感じとられたとは思わない。

トミが話を続けた。

「中身は報告書でした。青葉建設の常務の人脈と行動がくわしく書かれていて、十数枚の写真も添えられていました」

「ほう」

「心あたりはないのですか」

「まったく。その封書の送り主は誰なんですか」

「優愛調査事務所と印刷されていました」

笑いが吹きでそうになったが、かろうじて堪えた。

白岩が木村に命じたこととはいえ、その手法には注文をつけなかった。事を荒立てずに常務を失脚させることが目的であった。

優信と優愛。木村にも洒落っ気があるのにおどろいた。

「そんな会社は存在しません。電話もつながりませんでした。でも……無視するわけにはいかず、副社長を交えて相談し、精査したうえで役員会を開くことになりました」

「そんなに重要な内容だったのですか」

「会社の信用に疵がつきます。いえ、存続の危機に陥るかもしれません。書いてあることが真実であれば、常務には辞職を促すしかないでしょう」

「そんなことが……」

白岩は深刻な顔をつくろい、充分に間を空けて言葉をたした。

「障害はなくなったようですね」

「はい」

元気な声が返ってきた。

しかし、トミの表情は瞬時に暗く沈んだ。

「でも、綾の気持ちと成田さんが……」

「きのう津軽を訪ねて、成田さんの伝言を預かってきました」

「えっ。行かれたのですか」

「もう一度、十三湖の蜆を食べたくて」

トミは苦笑すらうかべなかった。

「それで……」

「成田さんは釜石に引っ越されます」

「被災地の釜石に」

「はい」

「七十を超えて、住みなれた土地を離れて……なんだか申し訳ない」

「そういう心遣いはご無用にとも伝言を託されました」

「そんなことにまで……」

「成田さんは、残りの人生を被災地の復興にかかわって生きるそうです」

「綾は賛成したのですか」

「さあ。ご本人にたしかめたわけではありません。ですが、心配なさらなくてもいいでしょう。綾さんは二十年以上もボランティア活動を続けておられた。成田さんは、そういうことも考慮して、綾さんが納得できる決断をされたんだと思います」

「ありがたい……」

トミが声を詰まらせ、うつむいた。

「そこから先は、トミさんと綾さんの二人のことだともおっしゃっていました」

返事はなかった。

トミはずっとうなだれている。

白岩はくちびるを嚙んだ。

——日本海に出ようと思うときもある——

成田の胸のうちをおしえたい。

——俺は綾に幸せをもらった。いまは綾の幸せを願っている——

成田の心を伝えたい。

それでも我慢した。

真実を語れば、相手の心が和らぐというわけではない。負荷になることもある。

「おじちゃん」

あかるい声がした。

ふり返った先、南天の花の傍らに沙織が立っていた。

難をのがれる花と、難を弾き飛ばす笑顔が仲よくならんでいる。

沙織がスキップを踏んだ。

白岩は笑顔でちいさな手をにぎった。

「東京に帰らんかったんか」

「うん。ママが、忙しくなるからしばらくここにいなさいって」

「そうか」

「あれ」

沙織が素っ頓狂な声をあげた。

「どうしたの」

沙織が白岩の腕を指さした。

黄のサマーセーターの織目から白いものが覗いている。

昨夜は国分町にでかけ、クラブ・杜のしのぶと呑んだ。

店を移っている途中にしのぶがよろけて車に撥ねられそうになった。庇おうとしてサイドミラーに腕をぶつけた。たいした傷ではないが、しのぶが包帯を巻いてくれた。

「転んで、擦りむいた」

「かわいそう」

沙織がそっと手のひらをあてた。

「痛いの、痛いの、飛んでゆけ」

甲高《かんだか》い声が夏の庭に響き渡った。

この作品は書き下ろしです。原稿枚数426枚（400字詰め）。
登場人物、団体名など、全て架空のものです。

幻冬舎文庫

●好評既刊
若頭補佐 白岩光義　東へ、西へ
浜田文人

浪花極道・白岩は女が男に拉致される場面に遭遇し、救出した。彼女がマレーシア人であることを知り、アジアからの留学生を食い物にするＮＰＯが浮上する……。痛快エンタテインメント小説！

●好評既刊
捌き屋
企業交渉人 鶴谷康
浜田文人

捌き屋の鶴谷康に神奈川県の下水処理場にまつわる政財界を巻き込んだ受注トラブルの処理の依頼が舞い込む。一匹狼の彼は、あらゆる情報網を駆使しながら難攻不落の壁を突き破ろうとする。

●好評既刊
捌き屋Ⅱ
企業交渉人 鶴谷康
浜田文人

鶴谷康は組織に属さない一匹狼の交渉人だ。今回彼に舞い込んだのはアルツハイマー病の新薬開発をめぐるトラブルの処理。製薬会社同士の泥沼の利権争い……。彼はこの事態を収拾できるのか？

●好評既刊
捌き屋Ⅲ　再生の劇薬
浜田文人

捌き屋・鶴谷康が請け負った山梨県甲府市の大型都市開発計画を巡るトラブルの処理。背景に超大型利権、それを牛耳る元総会屋の存在が浮かんだ。絶体絶命の窮地を鶴谷は乗り越えられるのか？

●最新刊
パリごはん
雨宮塔子

大忙しのパティシエの夫、かけがえのない二人の子ども、愛情溢れる友人たち……。心通わす人たちと囲む幸せな食卓は人生を豊かにしてくれる。食事を中心に、パリでの日々を綴ったエッセイ。

幻冬舎文庫

●最新刊
傷なめクラブ
光浦靖子

潔癖症の男子高校生、男友達の作り方がわからない女子中学生、名前を改名したい24歳のOL……。くよくよ悩む相談者を皮肉り、鋭い回答を突き返す。爆笑と共感のお悩み相談エッセイ。

●最新刊
こんな感じ
群ようこ

慢性的な体調不良、体型の変化、親の健康問題……。いろいろ悩みはあるけれど、自分の人生引き受けて五十年、大人な女三人のぼやきつつもクールで、時々過激な日常。笑えて沁みる連作小説。

●最新刊
それでも、桜は咲き
矢口敦子

葉子は結婚披露宴出席のため仙台滞在中地震に見舞われた。花嫁は行方不明、東京の夫とは連絡が取りづらい。情報不足の中、葉子は困惑する。「あの日」を迎えた全ての人に力を贈る人間ドラマ。

●最新刊
恋のかけら
唯川 恵　山崎ナオコーラ　南 綾子
朝倉かすみ　山崎マキコ　井上荒野
小手鞠るい　豊島ミホ

かつて片想いした一人の男性を思い続ける地味なOL。癌におかされた妻を持つ男性と不倫する図書館司書。長くセックスがないが淡々と日常を送る夫婦。様々な愛の形を描いたアンソロジー。

●最新刊
世界一のオトコを探す旅
渡辺ひろ乃

イタリア男の性の悩みとは？　フランス外人部隊の絶倫度合いとは？　夜の日本男児が他国に勝るものとは？　体格・言葉・宗教の違いをカラダ一つで乗り越えた著者による男ミシュラン。

若頭補佐《わかがしらほさ》 白岩光義《しらいわみつよし》　北《きた》へ

浜田文人《はまだふみひと》

平成24年2月10日　初版発行

発行人――石原正康
編集人――永島賞二
発行所――株式会社幻冬舎
〒151-0051東京都渋谷区千駄ヶ谷4-9-7
電話　03(5411)6222(営業)
　　　03(5411)6211(編集)
振替00120-8-767643
印刷・製本―中央精版印刷株式会社
装丁者――高橋雅之

幻冬舎文庫

ISBN978-4-344-41809-7　C0193　　は-18-5